魔豆

魔豆

我，精靈王，缺錢！

Elf, foods and save the world!

04

醉琉璃——著

我，精靈王，缺錢！

04

目錄

楔子

十五之夜，猩紅之月。

法法依特大陸的一年有十二個月，一個月有三十天。凡是第十五夜的時候，皎白的月亮會化為一片血紅，像顆突出的紅色眼珠子，高高掛在天空。

馥曼分部靜靜矗立在夜色中，通體闃黑的外牆沐浴在紅色月光下，似乎更顯陰森。

此刻這座給人陰森感的建築物裡正亮著燭火，兩排蒼白的蠟燭林立在公會大廳的地板上。

火焰燃動，熔化燭身，像淌下一串串蒼白的眼淚……

被白蠟燭環繞的走道外邊豎立著兩個穿著衣物的高大稻草人，而走道中央則畫著一幅魔法陣，在魔力運作下，陣裡燃燒起紫色焰火；火上架設著一個金銅大釜，裡頭盛滿咕嚕咕嚕冒泡的深紅液體，乍看像一灘沸騰血水。

在這詭異無比的氣氛中，一名裹著紅斗篷的金髮少年抱著籃子緩緩走來，他站在法陣之前，將籃內的東西逐一放進大釜中。

更濃烈的氣味冒出，強烈佔領整個公會大廳，再沿著敞開的窗戶往外飄散。

那味道重極了，方圓近百公尺內都聞得到，又辛又嗆，彷彿只要吸進喉嚨裡，嗓子眼就會整個燃燒起來。

白蠟燭、魔法陣、金銅大釜、顏色詭異渾濁的液體，還能看到裡邊有不明物體載浮載沉。

這一切，簡直就像在舉辦一場邪惡儀式。

高大的草人在兩側靜靜俯視。

鬱金握緊大湯勺，伸進銅釜裡用力攪動，看著泡泡越冒越多，浮起的煙氣幾乎矇矓了他的視野。

在那片迷茫中，他窺見了預兆，令他顫慄發抖。

「我看到了……」金髮俊美的少年拉下斗篷兜帽，嘶啞地說：「有不安的騷動即將降臨，粗暴地撕裂我們的安寧，毀滅我們的平靜，黑夜將會爲此顫抖……」

「噗」的一聲，大釜內猛地射出一道墨黑液體，直衝金髮美少年臉面而去。

「啊啊啊！我的眼睛！我的眼睛被漆黑侵蝕了！黑暗要吞沒我的世界了！」鬱金摀著臉發出慘叫，尖厲的聲音迴盪在偌大的公會裡。

與此同時，閉闔的大門被人從外「砰」地推開，窈窕的身影挾帶一身招搖氣勢邁步走進。

「驚不驚喜？意不意外？你們的卡薩布蘭加回來了！想我嗎？反正肯定是想我的，就算嘴上不說，心裡也一定是想我的。不想我的話我就把你們的鼻子和嘴巴都捏住，直到半小時過後才放開手喔。」

「那我早就死掉了吧！」鬱金從掌心後發出氣急敗壞的吼聲，「我的占卜果然沒有出錯……可恨的卡薩布蘭加，妳一回來就破壞了這裡的安寧和平靜！妳不是滾去當某某組織的臥底了嗎，爲什麼這麼快回來？」

「回來陪你啊，我的小可憐。哎呀哎呀，還立著兩個草人，它們穿的衣服是老二跟老三的吧。你把它們當替身嗎？老二和老三人呢？又丟下你一個人孤孤單單地顧家了？當老大的我眞是心疼你呢。你有沒有感動得哭出來？說出來我也不會在內心偷笑你的，我只會光明正大地大聲嘲笑你的喔，開不開心呀？」

綠髮女子舉著一根破爛的木頭法杖高調登場，音量絲毫沒考慮過要壓低，一點也不擔心過大的聲音會不會吵到左鄰右舍。

她綁著繁複的髮辮，髮色是濃艷的墨綠色，從髮絲下伸出的尖長耳朵說明了她不是人類的事實。

「才、才沒哭！妳說的我才不信呢，妳怎麼可能那麼好心！而且我才不……孤單寂寞，我也沒有把草人當成是老二、老三的替身。」鬱金放下手，彆扭地轉過頭，不想直視那個有如一陣暴風歸來的女人。

轉過的臉龐下一秒就被強硬扳正回來。

「去把你的眼鏡洗一洗，都黑成這樣了，臉也要成小花臉了。」卡薩布蘭加鬆開手，「你是被什麼噴成這樣……噢，我看看，你在裡面加了黑油魚啊。你又沒把牠的尾巴那邊切乾淨，說過多少次了，黑油魚的肛門一受刺激就會噴出墨汁的。你難不成喜歡這種噴射的感覺嗎？鬱金，你的喜好真是太奇怪了，這樣讓我一個正常人總會覺得跟你格格不入呢。」

鬱金臉頰鼓起，幾乎氣成了一隻河豚，「妳哪裡是正常人？妳明明就是一隻木妖精，還是長舌又嘮叨的多話妖精！」

「哈哈哈，我哪裡嘮叨？我只是喜歡跟人多分享我的感想和日常而已呀。」卡薩布蘭加抓過大湯勺，用力地往釜裡戳了幾下，還沒被煮透的黑油魚「噗」地又噴射出好幾道黑墨水，「你還小，你不懂，這個也叫作報告近況，不能算是長舌和嘮叨啦。火鍋眞香啊，香到我在外面就聞到了，怪不得大家都不想住我們公會附近……唉唉，我們馥曼分部旁邊的空屋率又要提高了。眞慘，怎麼那麼慘呢？」

「明明是妳開了半夜煮宵夜的先例，上次半夜兩點搞烤肉派對的是妳耶。」鬱金扔掉眼鏡，反正那也只是他用來增加儀式感用的，他的視力其實相當好。

沒了眼鏡的遮擋，能看見他的眼尾泛著一抹淡淡的嫣紅，像是哭過了一般，頓時更符合卡薩布蘭加口中說的「小可憐」。

鬱金生著悶氣好一會，又偷偷地扭頭回去，眼含期待地覷著卡薩布蘭加。

「咳，妳……妳眞的是特地回來陪我的嗎？其實我也不是一定要妳陪啦，但妳都特地回來了，火鍋分妳一半也不是不可以啦。」

「所以你半夜不睡覺就眞的爲了煮火鍋嗎？一人火鍋聽起來眞的太可憐了。」

「不對，我又不是只為了煮火鍋，還有占卜！我是為了占卜才特地煮火鍋的！」

「占卜到什麼了？」

「就說了，占卜到妳這個煩人精回來……火鍋的白煙只告訴我這麼多，其他的未來動靜還要等蠟燭的白煙給我啓示。」

「嘖嘖，那得等到天荒地老了吧。鬱金小可憐的蠟燭占卜十次裡有九次不準，一次則是瞎貓碰到死老鼠。」

「妳妳妳，妳這是誣衊！才只有七次不準而已！是蠟燭不好，是它的煙都不肯乖乖聽話……聽我把話說完！喂，卡薩布蘭加！」

卡薩布蘭加沒有理會後方的呼喚，她興致勃勃地跑進後方的廚房，一會就端著一盤培根跑出來。

「來來來，火鍋還要再煮一會，我們先吃點別的。我帶了酒香蘋果回來，還得到了一個新吃法。既然老二跟老三不在，他們就沒有口福啦。小可憐，開不開心，你要和我一起把蘋果吃掉了？」

「只不過是吃蘋果而已，有什麼特別開心的。」鬱金哼哼幾聲，身體先有了動作，乖乖地在卡薩布蘭加的身旁蹲下來。

卡薩布蘭加三兩下就把幾顆碩大渾圓的紅蘋果削完皮，「啊，忘記拿蜂蜜了……快快，快點去幫我拿過來，慢了蘋果的美味就會流失了！」

接過鬱金拿來的蜂蜜，卡薩布蘭加將肉叉俐落地捅進蘋果裡，再豪邁地將大量蜂蜜淋在蘋果上。直到表面都沾上蜂蜜後，她又用培根將蘋果完全包纏起來，放到了白蠟燭上烘烤。

很快地，金黃黏稠的蜂蜜從桃紅色的肉片底下滲出，與培根的油脂混合在一起，看上去閃閃發亮，像鍍了一層美麗的光澤，鼻腔還能嗅到蘋果專屬的酸甜氣味。

培根被燭火烤得微微變色，從桃紅轉爲更誘人食欲的肉紅色；邊緣捲起，形成焦脆的口感，滴淌下的汁液則被卡薩布蘭加眼明手快地用盤子接住。

那可是精華，千萬不能浪費掉的。

即便沒辦法看到培根底下的蘋果，也能想像得出那雪白的果肉吸收了滿滿的蜜糖和肉汁，逐漸成爲琥珀色。本來硬脆的水果更是變得鬆軟，中心還含著醉人的酒香，一旦咬破，滋味簡直絕妙。

鬱金看得目不轉睛，喉頭不住咕嚕吞嚥。

在鹹甜交織的濃郁香氣中，被奪走注意力的兩名公會負責人全然沒有發覺到，他們身後的一根蠟燭起了變化。

裊裊浮起的白煙漸漸變爲綠色，組合出一個字眼——

翡翠。

第1章

同一時刻，遠在另一端、沉眠在深邃夜色中的塔爾市裡。

人在旅館睡覺的翡翠自然不會知道自己的名字曾以某種神奇的方式在馥曼分部出現過，他無意識地咂咂嘴巴，彷彿吃到了夢中的烤龍蝦。

翡翠正沉浸在幸福感百分百的夢境裡。

或許是前陣子紫羅蘭不停在他耳邊推銷自己的關係，導致他最近總是特別想吃龍蝦大餐。

礙於過敏症，他無法在現實中大啖龍蝦，但套句斯利斐爾曾說過的——

夢裡什麼都有嘛！

所以他的夢就被特大隻的烤龍蝦佔領了。

烤得鮮紅的蝦殼被對半剖開，露出雪白的蝦肉，上頭撒著少許海鹽、迷迭香、胡椒。香料的香氣滲透進蝦肉裡，一口咬下，湯汁滲溢出來，清爽中又帶著刺激性，讓人不由自主地一口接一口，根本無法停下。大螯裡的結實肉質與蝦身迥異，淋上一小匙檸檬奶油，讓白裡透紅的蝦肉在牙齒撕咬間碰撞出迷人的鮮甜。

翡翠吸溜了下口水，想再狠狠咬上第二口之際，來自身體某處的壓迫感讓他不得不從美夢中掙扎出來。

他張開眼睛，望著旅館的天花板發了一會呆，再小心翼翼地把趴在他胸前睡得香甜的瑪瑙挪到枕頭上。

他腳尖剛觸上地板，坐在另一端的人影驀地動了一下。

「噓，別吵。」翡翠連忙用氣聲說，隨後想起還有腦內溝通這方法。

「我只是要上廁所。」

「在下希望您別在廁所內偷吃東西。」

「沒禮貌，我是那種人嗎！」

「您當然是。」

「沒問題，爲了不辜負你對我這個主人的期待，我們立刻一起進廁所探討百種花蜜與鬆餅的搭配吃法，千萬別對我客氣，我很樂意的。」

「在下也很樂意當場表演弒主的百種方法，您願意見識一下嗎？」

「那你還是客氣點吧。」翡翠果斷關上廁所門，用行動拒絕。

解決完人生大事，翡翠輕吁了一口氣，扭開水龍頭沖洗雙手。在嘩啦的水流聲中，他的思緒不自覺飄了開去。

他覺得之後還是得多弄一張床，或者乾脆買間房好了，總不能叫斯利斐爾老是坐在椅子上休息。

他的良心是不會痛啦，只不過一醒來就看見旁邊坐著一個人，很容易被嚇到的。尤其是早先時候，斯利斐爾甚至連眼睛都不閉，活像一尊睜眼雕像。

只要一想到有人徹夜不眠在旁盯著自己，翡翠就感覺全身不自在。這會讓他覺得自己像塊美味可口的肉，隨時會被人咬上一口。

別問他爲什麼會有這種感想，因爲他當初和桑回待在一塊時，心裡就是這個想法。羊肉串、涮羊肉、爆炒羊腰子、涼拌羊腸……停止，這時一點也不適合背菜單。

翡翠嚥嚥口水，強迫自己重新想一個不會讓他餓的主題。

噢對了，斯利斐爾的位置問題。

雖說夏朵旅館的住宿費不貴，但長期下來也是一筆開銷。倘若他們在塔爾有了自己的屋子，就能節省未來支出。

況且只要買了房子，就能一人一張床，豪氣一點就是一人一間房，再更浪費一點，還可以除了一人一間房外，房裡還有兩張床。

今天睡這張，明天換那張，想想真是太奢侈了！

水聲停歇，翡翠甩甩手上的水珠，抬頭下意識往鏡內一看，看到了頭髮亂翹、美貌依舊驚人的自己……

還有站在門前的蒙眼黑髮少年。

問，大半夜在廁所忽然看到一個陌生人出現，然後那陌生人的身體還是半透明的時候，該怎麼辦？

翡翠眨眨眼，確定自己沒有眼花。那名少年的身子確實呈現半透明，他都能瞧見對方身後廁所門板的紋路。

換作更早之前的他，或許還會有心情慢慢猜測那名疑似幽靈的不速之客想做什麼。

至於對方會不會危害到自己，並不在他在意的範圍，反正生死由命，順其自然。他都是死過再活的人，再死一次也沒差。

但現在可不一樣。

現在他可是一個要努力賺錢養崽的精靈王了。

生命如此重要。

當然是二話不說，喊救兵啊！

「斯利斐爾！」

翡翠飛快轉身，直面神祕幽靈，同時腦中不停喊著眞神代理人的名字。

假如把他大腦的活動具現化，大概就是他拚命狂按服務鈴，恨不得把按扭戳爆的狀態。

半透明少年這時伸手欲摸向翡翠。

說時遲，那時快，廁所門被人從外頭大力打開，一隻手臂探了進來，直接穿過少年的身體，快速俐落地抓住翡翠的手腕，將人一把向外帶。

沒有心理準備的翡翠踉蹌幾步，整個人被拉得往前撲，瞬間穿過黑髮少年的軀體。

翡翠睜大眼，在這一剎那間他好像跌進一塊Q彈滑嫩的大果凍裡，轉眼又滑了出來，還聞到一股淡淡的玫瑰花香氣。

不待翡翠細想，他就被斯利斐爾拉出了廁所，被對方嚴實地擋在身後。

「等等，斯利斐爾。」翡翠反抓住斯利斐爾的手，瞥了一眼還在枕頭上熟睡的瑪瑙，用氣聲說話，「在你用你的毒舌和無禮嚇跑人之前，好歹先讓我問個話，那傢伙可是妄想偷看我上廁所的人……噢不，鬼。」

「我確定我沒有這個興趣，以及，我不是鬼。」少年從廁所內飄了出來，雙腳浮空，雙眼蒙著紅布，難以看出表情變化。他聲音空靈，一頭鴉羽色黑長髮垂散在肩後，髮絲末端赤紅，宛若火焰朝上纏繞，「我只是過來打聲招呼。」

「在廁所？在半夜？那你的興趣可真夠奇怪的。」翡翠探出頭，馬上又被斯利斐爾不客氣地壓按下去。

翡翠可不是乖乖聽話的個性，他堅持要向斯利斐爾展現他的倔強，綠色腦袋再次探出。

斯利斐爾面無表情地瞥視一眼，沒再對翡翠強行鎮壓，頂多是扣住對方的手，以免他做出任何出其不意的舉動。

「你是半透明的，腳還沒踩著地，你不是鬼還能是什麼？」翡翠看著少年問道。

「是靈的一種，等你和我建立深入的關係，我就會告訴你。」少年彎起唇角，主動朝翡翠伸出手，「只要你應允我，同意我的存在，你將會獲得無數好處，你可以……」

「那你能吃嗎？」翡翠不只是探出頭，還探出了半截身子。

「……什麼？」少年一愣。

「你，能吃，嗎？」翡翠放慢語速，務必讓少年聽得清清楚楚。

黑髮少年確實是聽清楚了，他來之前設想過許多種自己會遇上的場面，甚至都胸有成竹地想好應對方式。

可他萬萬沒想到，眼前這位被他列為未來契約對象的綠髮青年……

在意的竟然是自己能不能吃？

正常人……正常妖精會想到這方面嗎？

誰會想吃一個一看就是靈體的非人類存在啊！

翡翠用行動表示，他就想，非常非常想。

既然神祕幽靈擁有著果凍的觸感和玫瑰花香氣……四捨五入一下，不就是一個人形玫瑰果凍嗎？

翡翠的精神頓時來了。

他可以，他行的，他相信自己一定沒問題。

「你身上有玫瑰花的味道，咬起來應該也是玫瑰花口味的吧？還有我剛穿過你的時候，你的觸感真的非常好，比我吃過的果凍都還要滑嫩，且保有絕佳的彈性，咬起來口感肯定也不差對不對？」翡翠的問題一個接一個，有如子彈疾速射出，打得少年措手不及。

黑髮少年繼續呆若木雞。

「雖然不曉得你到底是哪一種靈，但我猜是某種能量的聚集體。你能改變形狀嗎？能變成長方形或圓形嗎？人形大果凍聽起來是滿吸引人的，不過我個人還是希望能吃點正常形狀的果凍。對了，你有辦法變換香氣嗎？只限定花嗎？除了玫瑰花，桂花味的果凍也不錯。」

翡翠突然雙眼放光，一雙紫眸亮得像點燃了焰火。

「你來都來了，既然如此，擇日不如撞日。就現在吧，直接現場讓我品嚐看看。別擔心，試吃時我通常不會咬太大口的，這點你問問我身邊的這位就知道。」

斯利斐爾面無表情地回望著翡翠，很想在對方臉上寫下「厚顏無恥」四個大字。

別說試吃了，當初某個傢伙跳過這步驟，直接把他整個吞下肚！

黑髮少年試圖讓思緒重新運轉。

斯利斐爾沒讓少年有反應過來的時間，對於不請自來的闖入者，驅逐是唯一的選擇。

銀白魔法陣無預警在少年身下浮出，無數十字紋重重交錯，隨即白光瞬閃。

僅僅一眨眼，黑髮少年的身影便消逝得無影無蹤。

「爲什麼不見了？」翡翠詫異地問，沒忘記繼續把音量控制在最小。

「在下將他驅離了。」斯利斐爾說，「您浪費太多不必要的時間在他身上。」

「我明明只是在確認預備食材的鮮美度……你能使用魔法？」翡翠心存疑惑。

「在下說過，在下擁有力量的話，您也不需要來到這世界了，所以在下只是借用了您的力量。」

「怎麼借用？」

「把手插入您的體內。」

翡翠慢慢低下頭，望向他們倆之間唯一有肢體接觸的部分——如同上等藝術品的修長手指確實穿透皮膚，插進他的手腕裡。

再撒上一些血液的話，就活像是恐怖片裡才會出現的場景。

斯利斐爾將手指抽離，翡翠的手腕毫髮無傷，依舊雪白得像細膩的瓷器。

雖說沒有任何感覺，翡翠還是忍不住摸摸手腕，「沒借太多吧？我的魔力很珍貴的，下次再借用，起碼要用三倍的鬆餅量來還。」

「怎樣算三倍？」

「被我吃三次。」

「在下以後絕對三思而行，不到您瀕死，絕對不會再借用您的魔力來幫您。」

「我開玩笑的。」翡翠遺憾地退讓一步，免得斯利斐爾到時候言出必行，「不過你把那個靈太快趕走了，我都還沒來得及試試味道呢。」

「在下記得，您對吃人是相當排斥的。」斯利斐爾端詳翡翠的表情，發現他居然是認眞的。

「人和人形是兩回事。先前是我狹隘了，幸好有紫羅蘭不停寄來那些信提醒我這個道理。」翡翠拿出一個袋子，往小桌上一倒，雪白的信件嘩啦嘩啦地掉出來。

爲了讓翡翠享用到最上等的龍蝦大餐，紫羅蘭暫時回到了東海努力鍛鍊。但深怕恩人將自己遺忘，他三天兩頭就派人送信到塔爾。

信裡除了寫滿自己對報恩的期待，更多的還是……

「紫羅蘭告訴我，人要放寬眼界，接受新世界。我覺得他說的很對，所以我也要努力開拓我的視野，不能被表象侷限住。」翡翠用著讚歎的語氣說話。

「例如？」

「桑回雖然平常是個人，但他本質還是隻羊，很肥美的大金羊。如此一來，吃掉他就不會有心理負擔了呢——我現在正努力朝這個心態邁進。忽然覺得我被拉來法法依特大陸也滿不錯的，獸人族那麼多……」翡翠露出一抹憧憬的微笑，「起碼不用擔心肉類不足呢。」

斯利斐爾決定從明天開始，凡是紫羅蘭寄來的信都要毀屍滅跡，阻止對方的洗腦大業。以免黑雪還沒來、世界還沒毀滅，廣大的獸人族就先被精靈王吃光了。

「這些信由在下來收拾，您先上床去睡覺吧。」斯利斐爾待會就要去把那些信都燒了。

訂下偉大目標的翡翠心滿意足地躺上床。

閉著雙眼的瑪瑙自動自發地滾回翡翠身上，趴上他的胸口呼呼大睡，白嫩的腮幫子像包子一樣鼓鼓的。

翡翠抱著兩顆金蛋，聽著瑪瑙細細的呼吸聲，閉上了雙眼。

他在再次進入夢鄉前不忘叮囑自己。

明天，要找灰罌粟問問碎星的下落。

還要叫斯利斐爾去探聽一下哪邊有房子出租或出售。

嗯，所以那個玫瑰味的人形大果凍到底是誰？那外表好像有點……似曾相識呢。

秋季的塔爾總是給人繽紛鮮艷的印象。

塔爾市是鮮花之都，不同季節會裝飾不同的花朵，大街小巷處處能見到繁花似錦。

一旦碰到祭典，市民們更會卯足勁，恨不得讓這座大城市被滿溢的鮮花淹沒。

秋天的花是以紅黃白三色系爲主，在金亮的陽光照射下顯得斑斕又熱情。與這些繽紛燦爛的花朵相比，坐在露天咖啡座的灰髮女子彷彿是個異類。

她膚色過於蒼白，全身被灰色系包圍。嫵媚的灰長鬈髮垂落在肩側，戴著一頂大大的仕女帽，帽上紮著緞帶花，花裡是小小的骷髏頭。

在她身上似乎找不出「活力」這個字眼，她巍然不動的模樣更像一尊精緻的大理石雕像。

她的面前擺著一杯紅茶，對邊坐著今日約她見面的綠髮青年。

灰罌粟端起茶杯，嗅著紅茶的香氣，眸子瞅著在花朵簇擁下毫不遜色，甚至更爲出色的美麗妖精。

要不是碰巧得出門買茶葉，灰罌粟說什麼也不會和翡翠約在外頭見面。她更喜歡像隻過冬的動物，窩在塔爾分部裡一動也不動。

一年有三百六十五天，她可以三百六十天都不出門。剩下的五天是她找不到黑薔薇和白薔薇幫她買東西，又不願意讓骷髏上街採買嚇壞小孩子，迫不得已只能自己親力而爲。

讓翡翠來評論，灰罌粟就是宅到一個新境界。

因此灰罌粟這趟出門，自然受到了塔爾市民的注目。

此刻她坐在路邊的露天咖啡座裡，與她待在一起的還是容貌纖細、氣質出塵的綠髮妖精，登時引來不少人在附近圍觀。還有人拿出映畫石，想拍下這難得的畫面。

翡翠早就習慣因自己美貌引來的注意，但這樣下去很難聊正事。他朝灰罌粟露出苦惱的微笑，將問題拋給對方處理。

不得不出門已讓灰罌粟不是很愉快，如今還被人當稀有動物般地圍觀。她放下茶杯，杯底和桌面撞出清脆的聲響。

「再看下去，就乾脆別走了。」灰罌粟沒有特意看向誰，但她的話明顯是說給圍觀人們聽的，「等等跟我回塔爾分部，我會馬上讓你們享受到成爲我寵物的滋味。」

這話從美人口中吐出，容易給人無限遐想。

但從一名亡靈法師口中吐出，帶來的效果就完全不一樣了。

蹲守在旁的人潮以最短時間全體解散，誰也不想加入灰罌粟的骷髏集團。

重新獲得清靜，灰罌粟的神情頓時放緩了些，「真難得沒見到斯利斐爾跟你在一起，你們向來不都是連體嬰狀態嗎？」

「他去找房子了，一直住旅館也不是辦法，還是有個自己的家比較實在。」翡翠捧著自己的花草茶，裡面添加大量蜂蜜、香草和可食性花瓣，溫醇的香氣不時飄散出來，「感情再怎麼要好，偶爾也是要適當地拉開距離。」

否則不是斯利斐爾失手弒主，就是他想痛揍強行沒收財產、拒絕把錢財放他身上的斯利斐爾。

只留給他喝一杯茶的錢幣實在太過分了，這要他怎麼好好享受這家店裡的薄荷巧克力派、草莓伏特加派、楓糖烤布丁、杯子蛋糕、千層乳酪、小熊吐司、小雞餅乾、榛果栗子奶油豪華大聖代、紅豆夾心圓麵包！

翡翠越想越傷心，想藉茶澆愁，但又捨不得太快喝完，只好委屈地小口小口舔著。

「你想問我碎星的下落？你知道碎星是什麼吧？」灰罌粟提起正事。

翡翠點點頭，斯利斐爾曾經告訴過他。

碎星的最初模樣，是北海皇族和西海皇族各自守護的聖物「星耀之戒」。

而星耀之戒在傳說中，則是眞神散落在大陸上的力量碎片。

但在兩百年前，兩枚星耀之戒不知何故碎裂，碎片脫離海域，飛向大陸各處，具體的下落至今不明。

「有一說是海族內鬨，引發爭戰，才會造成星耀之戒成了碎星。但眞正原因究竟爲何，即使是我們冒險公會也挖不出眞相，眞讓人遺憾。」灰罌粟在翡翠嫉妒羨慕的眼神中，向服務生加點了一份奶油啤酒司康，「不只海族，還有其他勢力到現在都沒放棄對碎星的尋找，畢竟誰不想要獲得夢寐以求的眞神力量呢？要知道，就算僅僅是微不足道的碎片，也可以讓人起死回生。」

「眞有人起死回生了？」

「公會有檔案記錄，西海皇族的某任女王就是利用星耀之戒救回了自己的王夫。」

奶油啤酒司康很快送上桌，灰罌粟用餐刀切開。啤酒香氣混著熱氣往外飄散，塗過蛋液的表面金黃誘人，黃澄澄的切面滲出融化的奶油，軟化了本該偏乾硬的口感。

「聽起來可眞……」翡翠眼饞地看著司康，「好吃。」

「西海皇族可不能吃。」灰罌粟瞥了一眼過去，「這種話少在海族面前講，免得被記恨，海族的小心眼和死心眼是出了名的。」

小心眼翡翠不知道，但死心眼他體驗過了，紫羅蘭的報恩行爲相當充分地詮釋了這一點。

「所以碎星的位置？」

「目前沒有具體消息，後續我可以幫你再打聽。等你們找到新家記得通知一聲，我會派黑薔薇他們送上喬遷禮物的。」灰罌粟優雅地將剩下的司康吃完，「沒其他的事，我就先走了。」

「妳慢走……」翡翠趴在桌上，有氣無力地向灰罌粟告別，腦海中都是司康美味動人的模樣。

他也好想吃司康啊，奶油啤酒味根本是香到犯規。對比之下，他的花草茶頓時寡淡無味了。

翡翠胸前的口袋忽地傳出動靜，一顆白色腦袋冒了出來，接著巴掌大的人影跳到了桌面上。

雪白的髮絲比雲朵還柔軟，當中夾著一綹猶如春芽的淡綠。金黃的眼眸似乎只裝得進翡翠，其他都入不了他的眼。瑪瑙大部分時間都是睡著的，爲此翡翠替背包內部做了改造，讓他在裡面睡覺時不會被另外兩顆金蛋壓到，不過他醒著的時候就喜歡窩在翡翠的身上。

於是爲了攜帶方便，翡翠乾脆在自己所有衣服的胸前位置都縫上了一個口袋。

也幸好這是個奇幻世界，不但有妖精的存在，妖精的種類還相當多，掌心妖精就是其中一支。

他們的個子就像故事裡的拇指姑娘一樣，精巧玲瓏，剛好符合瑪瑙現在的外形。即便有人問起，也可以用這個身分矇混過去。

「翠翠。」只有巴掌大的小男孩湊近翡翠，抱住他的一根手指蹭蹭，眼裡溢著滿滿關切，「心情不好？」

雖說剛從金蛋裡誕生沒多久，但小精靈天生是有記憶傳承的，剛出生就擁有許多基本知識。

這讓翡翠放下一顆提起的心。

他本來還擔心自己得從嬰兒時期把屎把尿養起，這聽起來就是一件不可能的任務。

要知道，他當初連自己都沒養好了，否則怎麼會讓自己遇上車禍，重生到異世界？

「沒有心情不好。」翡翠抬起頭，指尖輕輕戳著瑪瑙的臉頰，「就是想吃好吃的東西，像是白白胖胖的包子啊……包子跟瑪瑙的臉頰有點像呢。」

瑪瑙摸摸臉，踮高腳尖，努力地把臉頰鼓得圓圓的，「給翠翠吃。」

「不行啊，我一咬下去，瑪瑙整個人就不見了。」翡翠被逗笑。

「那就是，跟翠翠合爲一體，一直在一起了？」瑪瑙捧著臉，漂亮的小臉蛋飄上紅暈，眼神異常閃亮。

翡翠第一次發現到，自家這隻小精靈的思考模式有點與眾不同。

明明外表那麼白白軟軟、似乎一戳就倒，給人的感覺就像棉花糖或包子一樣，怎麼一張口就是這種危險發言呢？

「翠翠，吃？」瑪瑙不曉得翡翠的複雜心情，迫不及待地推銷自己。

「不不不，瑪瑙太可愛，要是吃掉不就看不到你的可愛了嗎？這樣我會傷心死的。」翡翠正經八百地說，「瑪瑙也不想我傷心吧？」

瑪瑙把頭搖得像波浪鼓。

成功哄騙小朋友的翡翠把剩下的花草茶一口氣喝完，打算去尋找斯利斐爾，順便從對方身上摸點錢過來。

他將瑪瑙重新放回在衣服上新縫的育兒口袋，想到即將得手的錢幣和美食，令他心情愉快。

下一秒，冷不防響起的說話聲釘住了他離去的腳步。

翡翠回過頭，不久前灰罌粟坐過的椅子上，不知何時多出了另一抹人影。

半透明的黑髮少年托著下巴，唇角噙著笑意。被紅布蒙住的眼睛正精準地望著翡翠所在的方向，再一次複誦剛才說過的話。

「我知道碎星在哪裡，真的碎星，不是偽碎星。」

翡翠轉過身來，「你的目的？」

天上掉下餡餅這事，饒是翡翠多麼熱愛美食，也會記得先問問斯利斐爾有沒有毒、能不能吃。

平白無故送上門的答案，誰知道是不是真正的答案呢？

「陪吃飯、陪說話、陪睡覺。」遭受質疑的黑髮少年似乎毫不在意，依舊微微地笑著。他豎起食指、中指、無名指，最後豎起了小指，「不介意的話也可以陪洗澡。」

「不！不！不！」瑪瑙在口袋裡猛拍翡翠的胸口，他不准奇怪的傢伙和他搶翠翠。陪翠翠吃飯、說話、睡覺還有洗澡的人是他才對！

翡翠無意識地伸手安撫激動的小精靈，視線直直落在少年臉上，他終於想起昨夜的似曾相識感是從何而來了。

這些和斯利斐爾重複的功能太有既視感，他確實在某個地方見過。

「我是縹碧，你離開時怎麼能把我忘記帶上呢？我是不會允許這種失誤發生的。」

——大魔法師伊利葉的遺產。

第2章

今日陽光很大，灼燙刺眼的光線直直射入店家的玻璃窗內，在窗邊桌上留下大片斑駁光影。

好在店內設置了幾個小小法陣，配合能量礦石，就可以產生出涼風吹拂的效果，讓上門的客人能夠安心地坐在裡頭享用甜點。

這間店叫作「魔法師的少女心」，專門販賣高價位的甜點，客群主打女性，偶爾出現的男性格外稀少珍貴。

佔據窗邊位子的瑞比便是稀少珍貴的男客人。

唯一的男性總是會引來注目，殊不知坐在他對邊的藍髮少女和他是同性別。

受不了陽光的直曬，瑞比解開窗簾，再一屁股坐回去，穿著兔子外套的他就像隻癱軟在椅子上的大兔子。

「熱死啦……」瑞比咕噥著，一瞄見店員從旁經過，立即把人攔下，「來一杯冰塊，記得裝滿。」

年輕店員接過他的杯子，忍不住偷瞄和這名橘髮少年同行的客人一眼。少女膚色雪白，昳麗的五官中透著一抹鋒利，有如一朵帶刺玫瑰。她的髮絲顏色更是令人印象深刻，淺藍色的長髮末端轉爲半透明，令人想到清冷的水波盪漾。

路那利的指尖慢條斯理地敲著桌面，聲音很輕，但保證瑞比能夠聽得見。

「瑞比．瑞比特，你是不想活了、想死了、想成爲土地肥料了，所以才特地約我見面的嗎？出門會讓我看到許多髒東西，讓我呼吸都覺得難受。」

「你可以憋氣別呼吸。」等服務生送上冰塊又走遠，瑞比馬上不客氣地嘲諷回去，「我都爲你特地包下旁邊的幾張桌子，確保不會有其他男人坐下，你知道包桌費有多貴嗎？」

「不知道。」路那利輕蔑地說，「我又沒缺錢過。」

瑞比表情猙獰一瞬。

他恨有錢人，恨金錢的差距！

當初同樣都是神厄的一分子，他只能領微薄得可憐的薪水，吃喝玩樂都還得想辦法變著名目報公帳；或是私底下去殺幾個通緝犯，賺賺獎金。

相較之下，路那利卻坐擁金山銀山。

金山銀山是有些誇大了，但對方確實是坐擁一座寶石森林和一幢超級大豪宅。

瑞比將冰塊咬得卡卡作響，彷彿是將冰塊當成了路那利，發洩著他對貧富差距的怨恨。

靠著冰塊冷靜下來後，瑞比提起了正事，「有個外快，你要不要接？」

「不接，我又不缺錢。」

「不提錢我們還是好同事。」

「前，同事。」路那利加重語氣，「兼髒東西。眞神創造世界的時候，除了我和翡翠之外，爲什麼還要創造出男人這種骯髒低等的存在？垃圾不就該丟到垃圾桶裡去嗎？」

「羅德也是男的吧。」

「祂是神，不算在男人的範圍內。三秒鐘說出你的目的，不然就死吧。」

「喂喂，是秋天到了、太熱了，水之魔女也衝動起來了嗎？」瑞比托著腮，兜帽的兩隻兔耳朵垂在肩側，「需要冰塊嗎？我可以勉爲其難分你一顆，讓你冷靜一下。」

「不如我大發慈悲地分你更多冰好了。」路那利瞇細海藍色的眼眸。

經過的店員不曾發現到，他們桌子底下實際上是暗潮洶湧。

瑞比面色如昔，桌下的另一隻手卻是穩穩握著槍，食指扣在扳機上，槍口對準路那利。

路那利漫不經心地攪拌著紅茶裡的方糖，濕熱的天氣爲他提供了大量水氣，讓寒冰沿著瑞比的腳底一路竄上，凍住了對方雙腿。

僵持數分鐘，是瑞比先收回槍枝做出退讓，他是眞的有事找路那利幫忙。

「你就接下我的委託吧，雖然錢少、事多、離這又遠。」瑞比笑嘻嘻地說，似乎沒意識到自己的用詞只會讓人更不想接下這份苦差事。

路那利不想再繼續浪費時間，他起身就想扔下人離開，和同性別的瑞比坐在一起已經磨光他的忍耐度。

要是再多待一會，他吸入的空氣就會讓他的肺部受到污染，甚至可能產生無法逆轉的惡化。

瑞比的腳還陷在冰裡，沒辦法站起來抓住路那利的手，所以他用了一個更簡單有效的方法。

「翡翠，那名綠髮的木妖精，你不想知道他的消息嗎？」

「你看到他了？」路那利簡直是用旋風般的速度，氣勢驚人地坐回椅子上，「你動了他？」

或許是因爲情緒瞬間起伏過大，路那利一時沒控制好力量，本來只凍到瑞比膝蓋位置的冰塊一時竄至了他的胯下。

「暫停、暫停！路那利！」瑞比哇哇大叫，「再上來就是禁止範圍了，凍壞了你負責嗎？」

「壞死了就砍掉，這種小事就別拿出來問，免得讓人質疑你的智商，蠢兔子。再問你一次，你動了他嗎？」路那利解除了瑞比身下的寒冰，但是他茶杯裡未喝完的紅茶化成一隻紅褐色蝴蝶，飛至瑞比眼前。

在這個距離下，瑞比可以清楚看見紅茶蝴蝶的細節——包括它的觸角已經凝成冰稜，從窗簾縫隙射進的日光爲它們鍍上了異常鋒銳的寒光。

只要瑞比的回答有個不對，漂亮的紅茶蝴蝶就會帶來危機。

「你把我當什麼人了？」瑞比臨危不亂，還有閒情逸致咬了一顆冰塊，「沒動，還被他救了，這樣行不行？前陣子的法師塔現世有聽說過吧，碰巧在那邊遇上了。我可以鉅細靡遺地把那一天的事通通寫給你，只要你答應接下我這份委託。」

「內容呢？」路那利這樣問，就表示他答應了。

「你知道我們前陣子在忙著抓蟲子吧，還找到了蟲窩。結果蟲窩先被水沖垮了，但還有一、兩隻因爲不在巢裡所以躲過。我最近沒空抓，就拜託你跑這一趟了。聽說你找了新搭檔，正好這工作很適合你們。」瑞比從懷裡抽出一封信，放在桌上，推向路那利的方向。

「要去哪抓蟲？」路那利收起記載詳細資料的信件，彎起艷麗冰冷的笑。

瑞比給出兩個字。

馥曼。

馥曼在哪裡？

根據翡翠獲得的世界知識，馥曼位於法法依特南大陸的西南方位置，冒險公會分部之一的馥曼分部正好也落在那裡。

馥曼被多條河道切割包圍，來往交通主要依靠小船，是南大陸有名的水上之都。

翡翠他們一行人就正在前往馥曼的路上。

爲什麼要到哪裡？

這就必須從昨天和神祕幽靈的再碰面說起了。

那時翡翠剛好陷入人生的迷茫，煩惱著究竟該去哪邊尋找碎星的下落。

是去盛產熱帶水果、擅長用水果入菜的洛里亞？或是翻山越嶺，抵達以燒烤和香料聞名的西科？哪一個才比較可能出現碎星呢？

正當翡翠下定決心，覺得成熟的大人果然還是該選擇兩個地方都分別去一趟之際，神祕幽靈主動帶著答案送上門來。

雖然是用神祕幽靈稱呼，但翡翠已經知道對方的來歷。

這兩百年來被眾人搶破頭、試圖爭奪到手，神祕度絕對百分百的大魔法師遺產，伊利葉留在世上的人偶。

自從縹碧之塔崩塌後，翡翠還眞沒想過會再見到對方。他以爲那具水晶棺在那一日就被埋沒在最底處了，甚至早被無數磚石壓得稀巴爛。

事實證明，由大魔法師留下的遺產果然不同凡響，不只毫髮無傷，還找到了翡翠面前，並帶來他最想知道的消息。

碎星的蹤跡。

在南大陸的西南部都市，馥曼。

由魔物拉著的馬車穩穩地在無人荒野上前進，健壯四肢規律地邁動，蹄掌部位是厚實的肉墊，每一次踩踏在地面上都能減緩震動，讓車廂內的乘客不會感到明顯顛簸。

但奇異的是，這輛漆黑馬車前座明明不見有人駕駛，魔物卻彷彿能自動辨別方向，仍然不偏不倚地依照既定路線前進。

車廂內的氣氛有些詭異。

翡翠咬著酒心蘋果，怕聲音太大會吵到在睡覺的瑪瑙。他盡量控制力道，小口小口地咬，發出了細細的卡嚓聲，成爲車廂內的唯一聲響。

他的旁邊坐著斯利斐爾，斜對角坐著伊利葉的遺產。

斯利斐爾面無表情，神色冷峻，紅銅色的眼瞳底處像凍著一層冰，就連空氣溫度似乎都跟著下降。

老實說，坐在旁邊的翡翠感覺受益良多。越往西南，這大陸的天氣越來越熱，有什麼比一個常伴左右的人形冷氣更好呢？

翡翠沒把內心話說出口，免得失去他寶貴的冷氣。他咀嚼著果肉，眼角餘光覷著斯利斐爾的表情。

昨天見到他帶回一隻背後靈之後，斯利斐爾的表情就沒變過，眼神在看向他時倒是有一些變化。

例如從「您是智障嗎？」到「您果然是智障，在下果然不該要求您擁有腦子，這簡直太苛求您了。但在下還是很想挖開您的頭顱看看，裡面究竟裝了什麼？」這樣的轉變。

如果斯利斐爾現在將那問題提出來的話，翡翠會率直地說：裝了酒心蘋果啊，比起連腦子都沒有的你，絕對強上太多了。

幸好這位背後靈少年還是派得上用場的。

不然斯利斐爾第一時間就會畫出驅靈用魔法陣，簡單粗暴地把對方趕走，讓他連逗留的時間都沒有。

彷彿不知道自己正被兩方視線盯住，縹碧安然自若地坐著，一頭長髮披散腳邊，雙眼被紅布覆住，看起來更像尊精美但缺乏生氣的人偶。

但縹碧可不接受有人用「人偶」來稱呼他，他和那種粗製濫造的東西完全不一樣。人偶怎麼能與他相比？

他是縹碧之塔的守護靈，是大魔法師伊利葉的遺產，他擁有大量魔法知識，儲存著伊利葉留下的諸多情報。

碎星的去向正是其中一條。

「照縹碧你說的，碎星曾經是伊利葉的收藏品，之後被他隨手送了出去，沒出意外的話應該就在馥曼的某個家族手上。」翡翠把最後一口蘋果吞下，舔舔指尖沾到的酒液，提出不合理的地方，「碎星那麼重要的東西，就這麼隨隨便便送給人？」

「根據記錄……」縹碧用食指比比額角，「在主人眼中，碎星只是塊漂亮的石頭。他對那塊石頭能做什麼並沒太大興趣，他的魔力值已到達巔峰，財寶也擁有太多。」

「我比較想繼承他的財寶當遺產。」翡翠感慨地說。

「我比那些財寶更有價值，你的眼光要看得更遠才行，不能被近利所迷惑。」縹碧慢悠悠地說道：「擁有我，你未來得到的快樂將超乎你的想像。」

「不能現在就快樂嗎？把你賣了肯定能換到不少錢吧，神厄一定願意出重金收購的。」翡翠的眼神認真得令縹碧發毛。

縹碧果斷轉移話題，「收禮的人其實不知道拿到的東西是碎星。伊利葉當初是隨便找個放臘肉的罐子裝的，怕被人看出太敷衍，還在罐子上簽了名，畫了一顆愛心，要他們放久一點再打開。這樣超級臘肉的鹹味不但會自動淡去，還會留下香香的甜味。」

「完全搞不懂這樣做的意義。」翡翠吐槽，「也就是說，要是運氣好的話，碎星可能還被封在罐子裡？那個收下禮物的人是叫什麼名字？」

「姓名、住址，都沒有記錄。」縹碧說，「顯然這對主人而言不是需要放在心上的事。」

翡翠惋惜了下，但能獲得一個大方向已是相當有用的線索。

只要到了馥曼，他們就可以前往馥曼分部打聽情報。

想到達馥曼必須要花好幾天在遼闊的大陸上奔波。

這時候翡翠就格外懷念起自己世界的飛機和高鐵。

他也曾想過，既然這裡是充滿魔法的奇幻異世界，那麼傳送陣之類的存在總該會有吧，否則每次都得坐馬車，坐得他的屁股都痛了。

要知道，久坐可是容易椎間盤突出的，然後就得花上更多時間去面對多種復健。

但是當翡翠把這想法說給斯利斐爾聽，後者只用三句話，就把他的期待全掐熄了。

斯利斐爾的第一句話是，「貴。」

第二句話則是，「要很多錢。」

最後一句堪稱是殺傷力滿點的一擊。

「醒醒，您根本沒有錢。」

翡翠看看差不多快被自己和瑪瑙吃光的晶幣——眞．物理意義上的吃——假裝從來沒提過這話題。

途中睡了一覺，翡翠再醒來時已不見縹碧的蹤影。他伸了一個懶腰，也沒多加在意，反正關於碎星的情報已經拿到手。

他打開背包查看，瑪瑙猶在熟睡。白嫩的臉蛋像剛出籠的包子，讓他的手指蠢蠢欲動，費了一番力氣才克制住。

斯利斐爾說過這是正常的現象，剛出生不久的小精靈大部分時間都在睡覺，多睡才能長得快。

眼見天色暗下，距離抵達馥曼還有幾天的路程，到下一個城鎮也還需要數小時，與翡翠確認過後，斯利斐爾命令魔物停下腳步。

今晚就直接露宿野外。

重生至異世界一段時間，野外求生的技能翡翠差不多都學會了，畢竟這裡可不是處處都有城鎮或村落可以落腳休息。

雖然斯利斐爾不用吃喝，翡翠則只要吃晶幣就能維持身體機能，但他認為精神上的滿足是絕對不能忽略的。

唯有美食，可以治癒精靈王的心。

他倆落地生起火堆，拿出在城鎮買的蜂蜜蘋果——據說是酒心蘋果的姊妹，核芯部分囤的不是美酒，而是濃稠甜美的蜂蜜。

在蘋果上切了幾條切口，翡翠拿出紫羅蘭快遞來的冷凍培根，解凍後一片片塞進蘋果切口內，再放上火堆上烤。

與一般培根不同，紫羅蘭牌的可是利用東海皇族天生能夠凝水成冰的魔力，刻上小小的法陣，達到可以長時間維持冰封的效果。

還不用擔心會在半路融成一灘水，破壞了食材的新鮮。

當然在使用之前，翡翠沒忘記徹底地將培根檢查一遍，確保上面沒有偷偷混入紫羅蘭的頭髮、指甲、皮屑，或是對方身上的任何部位。

隨著高溫炙烤，培根的肉片開始捲曲，油脂也不斷溢出，融進雪白的果肉內，將果肉漸漸染成金黃。同時核裡的蜂蜜跟著向外擴溢，甜蜜的鹹香一絲一縷地飄出，立即交融成霸道的香氣。

金黃剔透的油汁混著蘋果汁滴落至火堆，發出劈啪的碎響。

就在這當下，馬車裡忽地有一道半透明人影穿了出來，悠悠哉哉地在翡翠他們對邊坐下。

翡翠一愣，「縹碧？爲什麼你還在這？你不是滾……早走了嗎？」

「我一直都在。」火光映亮了縹碧如人偶般無瑕的臉蛋，「只不過你沒看見而已。只要我願意，我可以讓我的影像出現在鏡裡，或在任何生物眼中，反過來亦是如此。」

「他一直在，你知道嗎？」翡翠在心裡問斯利斐爾。

「知道，不影響。」斯利斐爾簡潔回答，「您的蘋果要焦了。」

翡翠連忙把蘋果從火上移走，「也就是說，你一直隱身，然後在車上不呼吸、不喘氣、不眨眼地看我睡覺？眞變態。」

縹碧一噎。他會留在車廂裡守著翡翠自有他的理由，然而被翡翠這麼一說，他都覺得自己好像有點變……不對，他是靈，自然不會呼吸喘氣。

「我留下來不是爲了看你睡覺。」縹碧強調，「況且我的眼睛被蒙住，你又怎麼能確定我是不是沒眨過眼。」

「我隨便說說的，這樣你也信？」翡翠大半心思都放在他的蘋果上，就等著它稍微變涼一點好入口，「不管你是爲了什麼，我想知道的事你已經告訴我了。你的價值已經發揮，該飄走了，不須再一直跟著我們不放。」

這行爲叫典型的過河拆橋。

「你是最後的贏家，從你獲勝的那一刻，我就是你的了。」縹碧的眼睛明明被遮住，卻有辦法精準地對著話聲的方向，給人他在注視翡翠的錯覺。

他說的是在縹碧之塔最頂層的那場試煉，最終獲得勝利的是翡翠。因此依照塔內的規定，他自然就是屬於翡翠的所有物。

「我是縹碧之塔內最貴重、最珍稀的寶物，我不允許有人對我視若無睹，尤其是我的擁有者。如果你不接受我的存在，不和我簽契約……」

「不簽。」翡翠不等縹碧說完，直接一口回絕。

「我可是人人爭著想要的大魔法師遺產。我會……」

「知道，你會陪說話、陪吃飯、陪睡覺、陪洗澡，這些我家的斯利斐爾也會啊。」

「但我是大魔法師的……」

「遺產，你說過很多次了。那麼你身爲遺產，你能吃嗎？能變出更多晶幣給我嗎？可以讓我當勇者享有終生俸嗎？可以爲我建立偉大的美食國嗎？」

面對翡翠連珠砲的逼問，縹碧第一次體會到何謂詞窮。

但就算他想昧著良心說能，光是第一個要求，他就無法去執行。他的靈生計畫中，從來沒有被別人視作食物吃下肚這一項。

「顯然都不行。」翡翠對縹碧的安靜毫不意外，「都不行的話，我要你何用呢？好了，你真的可以……」

「等等。」斯利斐爾打斷翡翠的話，「在下的主人只是需要一點時間思考。」

翡翠愕然地看向斯利斐爾。

斯利斐爾平靜地回望，「您該去思考一下了。安全起見，在下會陪您一起去的。」

翡翠知道斯利斐爾肯定有他的用意在，但他就不能先在私人頻道，也就是他們的意識內先溝通一下嗎？

斯利斐爾用他冷酷無情的眼神表示，不能。

翡翠認命地站起來，沒忘記一併把他的培根蜂蜜烤蘋果帶走。

縹碧蹲在火堆旁，無聊地撥弄著樹枝。

過沒多久，他就瞧見翡翠一個人走回來，沒有見到另一名銀髮男人的存在。

「你的同伴呢？」

「斯利斐爾說要去附近巡邏，晚點就回來。」翡翠在縹碧面前坐下，吐出一口長長的氣，「斯利斐爾說的對，經過詳細考慮後，就算你不能讓我吃，不能變晶幣給我，不能讓我當勇者享有終生俸，也不能爲我建立偉大的美食國……不過你畢竟是我贏來的，還是要標明一下我的所有權比較好。」

「你的選擇不會錯的，擁有我，是你畢生的幸運。」縹碧態度沉穩，手已經飛快往翡翠方向探出，不容他反悔地牢牢抓住他的手。

翡翠看見一條紅線驟然從縹碧掌心冒出，將他們兩人的手指纏捆住。

紅線轉眼間分解成多段，每一段都由符文組成。它們閃爍著紅光，像條蛇在手指上爬動，最後一個字一個字地沒入他們彼此的皮膚底下。

「契約完成，從今天開始，你是我的新主人了。不管你在何處，我都能找到你，我所具備的知識也能隨我的意願與新主人分享，不再受到任何限制。」縹碧愉快地抽回手，解決完大事讓他神清氣爽，整張臉也跟著容光煥發起來，「你們接下來會到馥曼吧，我先玩個幾天再去找你們會合。如果你要找我，只要在心裡集中精神，專注地呼喊我的名字，我就會出現了。」

縹碧的離去就和來時一樣神出鬼沒，半透明的身軀說消失就消失。

過了好一會，翡翠慢呑呑地開口，像是在跟空氣說話。

「他可以找到我，還能隨他意願與我分享，主動的一方是他，我則是被動那方……又是一個玩文字漏洞的黑心契約，你要我簽的就是這東西？」

下一剎那，從翡翠身上剝離出一道人影，赫然是他口中跑去巡邏的斯利斐爾。

原來斯利斐爾壓根就沒有離開翡翠一步，而是在避開縹碧的耳目後，進入了翡翠體內。

「有在下的阻擋，那名靈的契約無法對您造成任何危害，只會對他產生單方面的約束，他是您的所有物了。」在斯利斐爾看來，縹碧的存在尙有用處，「既然他的製造者是大陸稱得上有頭腦的生物，相信他的身上也具備符合此等價値的知識。在下對於大陸上寄生蟲的發展歷史終究不甚了解，有他在，可以助您一臂之力。」

「你的眞心話洩露出來了。」翡翠提醒，「好歹修飾美化一下，是細胞，不是寄生蟲，我可不想成爲蟲子的一員。」

「別擔心，您在在下心目中的地位永遠獨特。」斯利斐爾安慰。

翡翠心領神會。癌細胞的等級嘛，他懂。

「您可以隨時切斷與他的連繫，不讓他察覺您的位置，但在下會建議您先保留這部分。」斯利斐爾補充。

翡翠點點頭，這個他也懂。

萬一讓縹碧察覺到契約的不對勁，恐怕他就會想辦法跑得遠遠的，那還怎麼盡情地榨乾他的利用價值呢？

送上門的大肥羊，當然是要慢慢宰、一宰再宰，最後連羊毛都剃個精光才行。

第3章

秋季的南大陸地區本就炙熱，尤其是越往南，一旦碰上了萬里無雲的好天氣，陽光簡直大得令人睜不開眼。

站在毫無遮蔽物的地方，簡直像待在一個巨大的烤爐之中，汗水剛淌落沒多久，就立刻被高溫蒸發掉了。

如今的馥曼，正是處於這樣的天氣。

即使有水上之都的美名，那些錯綜的河道也無法讓人感受到清涼，在熾烈日光的曝曬下，河水彷彿隨時要跟著沸騰。

無論走到哪，空氣都是黏滯的，吸入體內就像吸入了熱氣。

河道上通行的船隻不多，橋梁上的人影稀稀落落，行人大多走在建築物或是行道樹的陰影底下，或是撐著傘，盡可能地減少烈日直射的機會。

而在如此酷熱的氣候中，馥曼的空氣裡隱隱約約還飄散著一縷甜味，像有誰在熬煮一大鍋的砂糖。

香氣的來源其實是城裡隨處可見的甜心花。

這種花是馥曼的特有品種，也是城裡製糖的主原料之一，細長花瓣雪白，中心呈現鮮紅的愛心狀，碰上高溫便會揮發出甜膩的氣味。

溫度越是升高，花香味就越是濃郁。

初來此地的外地人往往會誤以爲附近是不是在煮糖，抑或是有誰打翻了糖水。

在悶熱與甜香的包圍下，路那利的眉頭卻越來越緊，眉宇間的摺痕毫不掩飾他的嫌惡。

他一點也不喜歡這個味道、這個熱度，還有這座城市。

要不是爲了瑞比手上翡翠的情報。

路那利面無表情地看著掌心上的傳音蟲，「去跟那隻蠢兔子說，要是在我回去之前，沒把他答應過的那本《翡翠在縹碧之塔的食衣行記錄》寫出來，我會扒了他的皮，替他穿上裙子，高掛在人來人往的大廣場上。」

小小的蟲子顫了顫，隨後用最快速度飛離。

完成定時的警告之後，路那利的指尖在虛空輕畫一個圓，透明水蝴蝶成形。除了蝶翼外，蝶身也轉為霜白的冰雕。

大約兩個巴掌大的蝴蝶棲停在他水藍色的髮絲上，宛如華麗的髮飾，蝶翼勤勞地拍搧著，為他帶來絲絲冷氣。

路那利是在前幾天抵達馥曼的，為的就是追獵逃脫的噬心者餘孽。

噬心者是一群魔法師組成的犯罪團體，專以妖精心臟為目標，堅信那能提升他們的魔力，為他們帶來更強悍的力量。

一直以來，教團底下的神厄都在緝捕他們，卻屢屢被他們逃脫，原來是一直有內鬼暗中相助。

如今沒了內鬼的通風報信，噬心者在前些日子幾乎被一網打盡，可惜還是有幾條漏網之魚躲過一劫。

路那利此行，便是要代替瑞比抓一條藏身在馥曼的魚。

路那利在脫離神厄之前，也曾參加過幾次追捕行動，後來再也受不了同事們的汗臭味、不修邊幅、長相不達標，終於下定決心要離開這個讓他連呼吸都感覺不適的組織。

離開神厄後，路那利就沒再關注噬心者的動向。他一心尋找美麗的少女，好放進自己的收藏室裡欣賞，看膩了再丟出去，直到在克爾克城遭到重創。

但也讓他找到了畢生一定要收爲己有的最頂級收藏品。

翡翠。

要不是看在瑞比提出的酬勞，也就是那本《翡翠在縹碧之塔的食衣行記錄》足夠讓他心動，否則路那利壓根不想在這季節前來馥曼。

高溫和烈日向來是美麗的大敵。

精緻的妝容和髮型容易被汗水破壞，威力猛烈的陽光更會把肌膚曬黑甚至曬傷。被曬黑的膚色還得花費加倍的心力和精力保養，才有辦法重新挽回。

路那利自然是把這些帳都算在瑞比頭上。

到時候，不單是瑞比寫出的書要拿，金錢上的補償他也絕對不會放過，勢必狠狠敲上一筆。

他有得是錢，但也不會嫌錢多。

從陰影處走出來，路那利撐開了漂亮的遮陽傘，準備移步至下一個與人約好碰面的地點。

他來到馥曼並不是隻身一人，還帶了一位冒險獵人搭檔。

對方的長相恰好算符合他的審美，沒有臭味又愛乾淨，跟他一樣喜歡華麗的小裙子，身上亦有可利用之處，而且性別還是女。

否則水之魔女是不會打破獨來獨往的習慣。

他會挑這麼熱的一天外出，主要也是要幫那位搭檔一個小忙，替對方拿到某個東西。

約定的地點在大運河旁的一座綿羊雕像底下。

路那利遠遠就見到那名符合搭檔口中描述的男人。

在這大熱天裡，有著砂金色頭髮的男人臉色蒼白虛弱，穿著厚厚的深色大衣，不時地摀嘴咳嗽。

待走得近了，還可以見到對方額上冒著豆大的汗珠。

也許是他天生體虛造成的，當然更可能是他那一身服裝快把自己給熱死了。

不管原因是哪一個，路那利都沒興趣知道。

與此同時，桑回也在默默觀察那位朝他走來的藍髮少女。

少女水藍色髮絲挽起，隨意地盤在腦後，垂下的末端竟像水流般透明。華美的洋裝裙襬層層疊疊，讓人忍不住懷疑起這樣不會透不過氣嗎？

路那利走上前，流利地說出接頭暗號，「羊是最棒的。」

「什麼顏色的羊？」桑回邊咳邊問。

「金色的。」路那利簡短地說。

確認路那利身分無誤後，桑回遞出了一本書。

封面精美、書背精裝、書名燙金，大大的「邪佞魔物對我笑」七個字在陽光下閃閃發亮。

路那利拿了書就走，在這種烈陽下和一名男人近距離待在一塊，是件令他難以忍受的事。

可惜這裡是馥曼，不再是他的領域空間，他沒辦法將和他同性別的生物排除在視野之外。

他撐著洋傘，快步踏上歸途，冰霜蝴蝶依舊在他髮絲上賣力地拍動翅膀。

按照路那利本來的打算，他會一路走回暫居處，將書名缺乏美感的書丟給搭檔——在這之前沒有任何事物可以攔阻他的腳步。

除了一道他絕不會忘懷的聲音。

「最近這裡要舉辦兩百週年紀念慶典？」

那聲音年輕、清冽，像最涼爽的風和最澄澈的溪流，一瞬間在路那利的心湖激起了偌大漣漪。

他猛地停住腳步，聲音是從他的斜後方傳來的。

路那利不敢有太大的動作，以免驚動到自己心心念念的獵物。他利用傾斜的傘面遮住自己泰半身影，若無其事地往聲音來源靠近。

他佇立在路邊，看見記憶中的綠髮妖精就站在不遠處，背對著他，和一對抱著大大花籃的小兄妹問話。

他的視線再往旁邊一掃，頓時露出了瞧見髒東西般的憎惡眼神。

翡翠的身旁果然站著那名銀髮男人。

瞧見斯利斐爾的背影，路那利只覺新仇舊恨湧上心頭。他沒忘記那人和翡翠有著特殊連繫，明明當初在克爾克城應該被他的領域驅逐出去，卻又能出其不意地再現身。

而在對方露面之前，他甚至完全不曾察覺到任何存在感。

路那利厭惡男人，目前斯利斐爾大約是他心中黑名單的第一名。可怒意並沒有吞噬他的理智，他冷靜地按捺住蠢蠢欲動的殺意，手指蜷起，以免對著斯利斐爾彈射出冰針，反被人發現自己的行蹤。

他收斂表情，待在不顯眼的位置，髮絲上的冰霜蝴蝶飛起，悄悄地在翡翠他們四周徘徊，好捕捉翡翠的隻字片語。

「兩百週年紀念慶典是紀念什麼？這座城市的某個人？還是某個重要事件？肯定是個大活動吧。」翡翠彎腰挑選著花籃中的糖果花，渾然不知一心想把他作爲收藏品保存的水之魔女就在他背後不遠處。

他目不轉睛地看著那些色彩繽紛的糖果花，口水不由自主地分泌，恨不得能把整籃花都買下。

然而吝嗇小氣的斯利斐爾扣住了他的錢袋，只准他買一朵吃。

「這不過是隨便一朵野花在外面裹上甜心花製成的糖漿，吃起來只有糖味，是小孩子才吃的零食，您不該如此幼稚。」斯利斐爾在腦中對著翡翠說。

「反正我是受精卵。」翡翠臉不紅氣不喘地回應，「必須受到更多的照顧，糖果花當然也得吃多一點。把錢交出來，我要買整籃。」

斯利斐爾用鄙夷的眼神告訴自己的主人——您在作夢。

「漂亮姊姊，妳不知道這個慶典嗎？你們不是來參加的嗎？」紮著兩條小短辮的小女孩納悶地問。

「不是耶。」翡翠沒有特意糾正小女孩對他性別的誤解，「你們可以告訴我嗎？」

「是城主收到禮物的兩百週年紀念。」個子比妹妹稍微高一些的小男孩立刻紅著臉回答。

「什麼？」翡翠懷疑自己聽錯了。

「城主大人他們家收到大魔法師的禮物已經滿兩百週年了。」妹妹奶聲奶氣地說，「聽說大魔法師很厲害很厲害，送的禮物也很棒很棒。城主大人當上城主後，決定要讓大家知道這一件偉大的事。」

「城主是個愛炫耀的怪人。」小男孩和翡翠說著悄悄話，「他辦好幾次慶典了，現在大家都知道，有個厲害的大魔法師在兩百年前曾經送給他們家禮物。」

翡翠表面冷靜，心裡已經開始瘋狂放起慶祝的煙火。

這也太幸運了！

他本來還以爲碎星的下落會很難找，畢竟連縹碧也不知道當初的收禮者是來自什麼家族。

沒想到答案會自己從天而降，感謝馥曼城主的高調和愛炫耀。

「那個禮物是什麼，有人知道嗎？」

兄妹倆有志一同地搖搖頭。

「原來如此，謝謝你們告訴我這些事。」翡翠把錢幣交給小男孩，「天氣那麼熱，你們還是找個涼一點的地方待著吧。」

「晚點就會涼了。」小男孩信誓旦旦地說，「每次都這樣，不管再怎麼熱，慶典的前五天，就從今天開始，下午都會漸漸變涼。到時候街上會有很多人，大家都會來買糖果花，然後慶典當天再去城主府那邊領糖果。聽說今年的糖果特別不一樣，小孩子可以優先拿，城主到時候還會把傳說中的禮物展示給大家看。」

「漂亮姊姊到時候也要記得去拿，我和哥哥上一次沒拿到，今年一定能成功的。」小女孩握緊拳頭，爲自己和哥哥加油打氣，「聽說很好吃又漂亮！」

翡翠對於好吃的東西是絕對不會錯過，更何況那地方還暗藏著碎星，說什麼他們都得上門一趟。

翡翠最後帶著小兄妹多贈送的三朵綠色糖果花，心滿意足地和斯利斐爾離開了。

路那利沒有貿然跟上，否則他的蹤跡恐怕就會洩露。他召回自己的冰霜蝴蝶，掌握到翡翠他們的下一個目的地。

他露出甜美的微笑，藍眼睛裡閃爍著熾熱貪婪的光采。

他將會等到他的小蝴蝶自投羅網。

「哈啾！」

綠髮紫眸的妖精青年無預警地打了一個噴嚏，他揉揉鼻子，猜想大概是有什麼美食在呼喚他了。

也許是雪花千層鬆糕、烤巧克力布丁、油炸麵團、牛舌三明治，也或許是桑回……那位原形一看就超級美味的獸人族。

翡翠不自覺舔舔嘴唇，等他順利跨過心裡那條線，就是肥美大金羊吃到飽的日子了。

意外得知碎星的下落後，翡翠他們沒有即刻前往尋找。

當然城主府是一定要去的，只不過在去之前，他們還有一個地方必須先去拜訪。

馥曼是由數不清的河道、橋梁和巷弄縱橫交錯所構成，猶如一座複雜的大迷宮。不少石橋和屋宅看起來簡直是同一個樣，常常令人懷疑是不是在原地打轉。

翡翠他們在這座大迷宮裡走了好一陣子，終於來到他們第一個目的地。

看著面前肅穆大氣的建築物，翡翠感受到一股親切和熟悉感。

沒辦法，誰教目前他看過的南大陸冒險公會都是長著同一個樣。

塔爾分部、華格那分部。

以及他們現今到訪的馥曼分部。

黝黑的尖塔式建築物在艷陽下泛著凜冽的光輝，翡翠得抬手遮著眼，以免被閃到看不清楚前方。

今天是工作日，馥曼分部的大門是敞開的，像張黑色大嘴等著人踏入。

翡翠伸手摸摸錢袋，摸了一個空才反應過來，現在掌管金錢生殺大權的人換成斯利斐爾。他要喝杯飲料、吃點甜食，都得先問過這位嚴酷的牢頭。

他眞是一位可憐又無助的精靈王啊。

「身上錢還夠吧？」翡翠與斯利斐爾確認，「沒錢我就只好出賣色相買情報了，希望馥曼的負責人會欣賞我的美貌。」

「您的美貌無與倫比，他們不欣賞就是他們眼瞎。」斯利斐爾只有在觸碰到這個話題的時候，才會無條件且偏心至極地站在翡翠這一方，「您毋須擔心，雖然買不起您想要的特級豪華黃金烤乳豬大餐，但支付情報費，在下認爲還是足夠的。」

「我覺得不是買不起，而是你根本不想讓我買。」翡翠嘀嘀咕咕。

斯利斐爾充耳不聞。

他們先繞來馥曼分部，就是打算買點情報，畢竟冒冒失失地找上城主府，可不是明智之舉。

得先弄清楚馥曼城主的個性，才好和對方打交道。

城主府的人員分布和建物平面圖也得掌握好。

最好能再找到一個適當的理由混進城主府裡，方便於內部展開搜查行動。

翡翠驀地注意到馥曼分部外有幾個人圍在一起，激烈的肢體動作看起來像是起了爭執，隨後聲音越來越大，讓人即使不靠近也能聽見。

「換團長進去！團長就該身先士卒才對！」

「我已經連續身先士卒超過五次了，身體和心靈都受到嚴重創傷！你們這次敢再推給我，老子不當團長了，我自願降級成爲副團長！」

「團長，你別搶我位子，我一點也不想轉正！」

「不然就猜拳，猜拳決定，輸的就當大家的替死鬼。開始了……剪刀、石頭、布！」

不——爲什麼是我！」

提議猜拳的瘦高男人發出悲慟的慘叫。

相較之下，他的同伴個個眉開眼笑，歡天喜地地送他進入了馥曼分部。

見狀，翡翠果斷地收住本欲走向南之黑塔的腳步，改轉向那群冒險獵人們。

「打擾一下，我是外地來的，本來想進去馥曼分部，但現在卻有點不敢進去了……裡面是不是有什麼嚇人的東西？」

長得好看的人素來吃香。

更不用說是長得特別好看的偽妖精。

一瞧見翡翠上前問話，利劍冒險團的團長語重心長地說，「漂亮的小姐，給妳一個勸告，進去馥曼分部，只有一件事要注意，那就是動作快。能有多快就有多快，千萬別多逗留一秒在裡面。」

另外兩人猛地點頭，用態度贊同他們團長說的話。

彷彿是要印證團長的話，下一剎那，馥曼分部裡疾如風地衝出一條人影，正是方才進去的倒楣鬼。

「搞定了，回報完了，快走吧！」瘦高的弓手急急說道，甚至沒注意到翡翠的存在，「再慢一點，卡薩布蘭加那女人就會追出來了。聽說沒人願意陪她，她已經無聊好多天了！」

「那還等什麼，走！」在團長的一聲令下，利劍冒險團以最快速度撤退。

翡翠連第二句都還來不及問出口，只能目送四條人影腳下像踩了風火輪，一轉眼就跑得不見蹤影，好似馥曼分部裡頭有著恐怖的毒蛇猛獸。

翡翠沒錯過瘦高弓手說的名字，卡薩布蘭加，這應該是馥曼分部的其中一位負責人吧。

「斯利斐爾，要是有什麼不對勁，記得揹著我逃。」翡翠決定事先吩咐比較保險。

「了解，在下會拖著您跑的，您喜歡拖腳還是頭髮？」

「我果然還是靠自己吧。」翡翠邁出步伐，拾階而上，毅然決然地走進了令剛才冒險團聞之色變的闃黑建築物當中。

不同分部有各自的裝飾風格，馥曼分部也不例外。

大量蔓生植物纏繞在柱子、窗台，以及地板縫隙，藤蔓裡鑽出的花朵伸展著偏劍形的尖長花瓣，吐露著芬芳香氣。

在植物包圍下本該令人心曠神怡，卻因爲花朵清一色呈現烏黑，窗簾也全都拉上，室內光線不足，反倒使得公會大廳籠罩著一股化不開的陰森，陰冷和陰鬱，彷彿來到了一座鬼魅花園。

大廳裡只見到兩人的身影。

一名墨綠髮色的女性趴在櫃台上；一名紅斗篷少年蹲在地上，低著頭，金髮遮住臉，忙著點燃一根又一根蠟燭。

這畫面怎麼看怎麼詭異。

第4章

翡翠猶記著那位團長的警告，沒有貿然上前，而是維持一個安全距離地提高音量，「不好意思，我想買情報。我是塔爾的冒險獵人，請問有折扣優惠嗎？例如打個一折，或是直接免費之類的。」

乍聞聲音響起，原先要死不活趴著的卡薩布蘭加猛地抬頭。

鬱金還沉迷在點蠟燭中，一雙眼睛快盯成了鬥雞眼，恨不得能從那些裊裊白煙看出一些徵兆或啓示。

不同於鬱金對上門的人視若無睹，卡薩布蘭加則是精神都來了。

兩分鐘前上門的利劍冒險團代表竟然不肯留下聽她說話，委託的情報一拿到，就像火燒屁股般跑走了，簡直是不把她這位負責人放在眼裡。

卡薩布蘭加是個小心眼愛記恨的人，縱使表面笑嘻嘻的，但內心的小本本可是記得密密麻麻。

她記得很清楚，利劍冒險團已經五次都用這種失禮的態度對待她了，好像她是什麼恐怖怪獸。她已經決定好，等他們第六次來，她就要把大門封死，再把人用多重魔法陣封住行動，只能乖乖待在原地聽她把話說完。

她還正憂鬱著，沒想到立刻又有人送上門。

「買情報嗎？沒有打折，連九點九折都沒有，但是你們可以享受美麗負責人的溫柔服務，貼身服務也是絕對沒有問題的。也許你們更喜歡我直接貼在你們耳邊說上三天三夜，聊天內容保證沒有任何重複，還可以順便告訴你們鬱金的內褲是什麼顏色喔。」

卡薩布蘭加喜形於色，開口就是滔滔不絕。

無緣無故被點名的鬱金火大抬頭，「干我的內褲屁事！妳是不是偷看我穿衣服洗澡或是上廁所了？」

「老四你安靜，乖乖玩你的蠟燭去，大人說話你別打岔。」深怕客人跑走，卡薩布蘭加快步從櫃台後繞出來，同時手指在空中畫了一個圓。

翡翠和斯利斐爾身後藤蔓悄悄動起，轉眼間就把馥曼分部的大門關上，關得密密實實，連一絲縫隙都沒有，就算是蟲子也無法逃脫出去。

卡薩布蘭加一臉得意，「來吧，讓我們促膝長談。你們想知道什麼情報，快告訴我吧，要是我不知道，我也還是可以跟你們說上三天……嗯？等等，妳有點眼熟……嗯嗯嗯嗯？妳非常眼熟？」

事實上，翡翠正好也有相同的感受。

他確定自己沒見過面前的綠髮妖精女子，但對方的說話語氣還有那似乎不用換氣的驚人肺活量，都讓他感到幾分熟悉。

還沒等他想出個所以然，卡薩布蘭加猛地採取了激烈的行動。

「喔喔喔喔喔！我記起來了，原來是你！容易被認成女孩子的妖精先生！」卡薩布蘭加像隻出柙的野獸，氣勢猛烈地朝著翡翠撲了過去。

翡翠本來是能躲過的，偏偏卡薩布蘭加邊撲來還邊加了一句。

「躲開就必須加錢了，必須付出兩倍的情報費才可以。但要是被我成功撲倒，我就大放送地爲你打上五折！」

五折！這對至今缺錢缺很大的翡翠來說，是多麼讓人心動的字眼。

這兩個字簡直就是美妙的化身。

翡翠果斷放棄抵抗，在被卡薩布蘭加成功推倒的同時，沒忘記護住自己的包包，以免在裡面睡覺的瑪瑙和兩顆小金蛋受到撞擊。

「恭喜你獲得了五折優惠啦，翡翠！」卡薩布蘭加快活地大喊，跨坐在翡翠身上，鼻尖湊得極近。

「聞起來不像木妖精的妖精，好久不見，你還是一樣那麼漂亮，不過我也不輸你啦。還記得我嗎？有想我嗎？提示是大魔法師塔喔，我可是還記得清清楚楚，你身邊那位大帥哥對我做出了非常過分的事。其實現在也是，把武器抵在淑女的脖子前不好吧。萬一不小心血濺當場，把我們馥曼分部的地板弄髒了，你們就得想辦法清乾淨了。」

如果說翡翠之前對這名女子是感到幾分熟悉，但在聽見「木妖精」和「大魔法師塔」這兩個關鍵字，他心裡咯噔了下，不由自主地回想起在縹碧之塔的中層，也曾有某個人邊瘋狂嘮叨邊和自己對打。

噁心者的……

「布蘭加！」

「卡薩布蘭加！」

氣急敗壞的吼叫砸了過來，也蓋住翡翠的聲音。

鬱金拋下燃燒中的白蠟燭，大步流星地走向翡翠他們的方向。被氣流帶動的紅斗篷下襬宛如翻騰的火焰，充分顯示出主人的心情。

鬱金簡直無法相信自己看到什麼，卡薩布蘭加那個女人是被慫到瘋了嗎？

只不過是從她回來後，都沒有任何一位冒險獵人願意跟她說話，每個都如臨大敵，只肯拿出小紙條交流……有必要理性全失地把人壓倒在地嗎？

「卡薩布蘭加，妳太不矜持了！」

「不矜持的是抵在我脖子上的這把劍吧，都流血了耶。」

「在下的主人受到了傷害，你們得負擔賠償費用，否則在下不會輕易放過。」斯利斐爾的劍尖從卡薩布蘭加的頸項前挪開，卻沒有收起來，依舊是對著卡薩布蘭加的方位，「在下不會索要過分，只要三十枚晶幣即可。」

「三十枚？你搶錢吧！」鬱金率先跳腳。他本來想指著斯利斐爾的鼻子大罵，可一對上那雙毫無波瀾的紅銅色眼眸，他的心底莫名一抖，手指瞬間往旁一滑，改指向爬起來的卡薩布蘭加，「卡薩布蘭加，自己惹出來的麻煩自己解決，別奢望我會幫助妳。」

「等等，等等等等等！就算我的小金庫很豐厚，也不是讓人隨隨便便打劫的。」卡薩布蘭加打掉鬱金的手指，「指著女人的胸口像什麼話？別想欺騙我這個負責人，我的眼睛是雪亮的，翡翠根本沒受到任何肉體上的實質傷害。」

「他撞到頭了。」斯利斐爾氣勢凜然地說，彷彿沒看見翡翠剛倒下的位置其實被柔軟的植物盤踞，抵銷了不少衝擊力道，「在下主人的腦袋內容物本就缺乏，如今被這麼無預警地一撞，心靈衝擊加上肉體衝擊，內容物可以說已經瀕臨無的狀態，這是極爲重大的損傷。」

「他是在暗示他的主人是個傻子嗎？」鬱金小聲嘀咕。

翡翠裝作沒聽見紅斗篷少年的自言自語，配合同伴的發言露出泫然欲泣的表情，暗地裡則是凶狠地往斯利斐爾的腳尖碾下。

美人含淚總是讓人心疼，特別是翡翠的美貌精緻又脆弱，眼下的三點寶石如同淚珠，激得人只想好好呵護他。

即便是想捍衛自己小金庫的卡薩布蘭加，一對上翡翠哀淒的神情，一顆心頓時也像泡入糖水軟化了。

「給給給，三十枚晶幣嘛，這沒問題，爲了美人當然得要義不容辭。」卡薩布蘭加豪氣萬千地說，活像個被美色魅惑的昏君，「不過你們得坐個十天十夜再走才行。」

「在下和主人趕時間。」斯利斐爾收起長劍，手中不知何時出現一個懷錶，他矜貴優雅地宣告，「你們還有半小時，請務必省掉毫無用處的廢話。」

「其實可以一小時。」翡翠悲傷的表情收放自如，「三十枚晶幣是開玩笑的，請給我二十九加十枚就好。」

鬱金發誓，這是他看過最不要臉的冒險獵人了。他正要怒氣沖沖地把人趕出去，忽地就聽見那名厚臉皮的綠髮妖精說：

「順便還有一個問題想請你們解答，我該稱呼這位女士卡薩布蘭加，還是該稱呼她噬心者的布蘭加小姐呢？我猜神厄的人也會很有興趣知道呢。」

如果神厄得知冒險公會的某位負責人混入噬心者之中，還成功成爲了實習生，那可不是一件有趣的事。

那會有點麻煩。

卡薩布蘭加一向不喜歡麻煩找上自己，她更熱愛爲別人製造麻煩。唉唉，早知道就不要自己暴露了，可惜她就是管不住自己的嘴巴。

面對翡翠笑容滿面的威脅，卡薩布蘭加傷腦筋地蹙起眉，接著豪爽地將鬱金賣了。

「讓鬱金免費替你占卜一卦吧，然後翡翠你就當之前的事沒發生過。鬱金的占卜可是值很多錢的，號稱千晶難買，這裡說的是晶幣的晶喔。當然我也會給鬱金補償的，接下來一年內我都不會再出門啦。」

「如果卡薩布蘭加妳非留下的話，也不是不可以啦……眞沒辦法，那麼大還要人陪。」鬱金的怒意霎時煙消霧散，他似乎想要板著臉，可嘴角卻控制不住拉得大大的，露出了十分傻氣的笑容。

不過一轉頭面向翡翠兩人，鬱金便臭著一張臉，再轉向卡薩布蘭加，傻笑又冒了出來。

翡翠饒富興致地看著鬱金來來回回地變臉，那生動的表情確實挺有趣的，難怪卡薩布蘭加會樂此不疲地逗弄。

爲了能方便談話，卡薩布蘭加動動手指，操縱植物去門外掛上「有事勿擾」的牌子，再把大門鎖上，帶著翡翠他們挪往會客室。

鬱金抱著一堆還沒燒的蠟燭，一根根地立在會客室的地板上，剛好形成一個圓，包圍住房內的眾人，再面無表情地一根根點燃。

「我們老四只是在占卜而已。他的蠟燭占卜特別準，唯一缺點就是十次裡面有九次占不出結果。」卡薩布蘭加把茶包放進茶壺裡，再添上幾匙雪白的糖晶，「悶一會就可以喝了。咱們先說說噬心者的事吧，既然你們都認出我身分了，我不說個清楚會憋得很難過，我一難過就更想說話了。」

「拜託，您，請說重點。」翡翠甚至都用上敬語，就怕卡薩布蘭加可以滔滔不絕說上一整天，那無疑是魔音貫腦，「務必請長話短說，三言兩語地說。」

「別傻了，那是不可能的。」鬱金毫不客氣地大潑冷水。

「在下有事要離開一下，請好好照顧在下的主人，別讓他掉一根頭髮。」斯利斐爾俐落起身，「主人，需要在下出現的時候，請在心裡呼喚在下，您知道如何做的。」

「我只知道你不准跑。」翡翠眼明手快地撲上斯利斐爾，「要死當然是大家一起死，要是你留在現場的話，我發誓起碼三天不對你說床邊故事。」

卡薩布蘭加不敢相信斯利斐爾居然眞的坐回去了。

能讓妖精說床邊故事，這可是大陸上多少人求而不得的事啊！更別說翡翠還是她至今看過最好看的妖精了！

這麼好的待遇，那個大帥哥竟然不要？眞是太浪費了！

就連鬱金也忍不住用看傻子的目光看斯利斐爾。

斯利斐爾無動於衷，像尊完美靜默的雕像。

翡翠所謂的床邊故事就是鬆餅的各種料理方法，原形是鬆餅的斯利斐爾認爲那些故事根本沒有存在價值。

而且翡翠說故事的時候還會流口水，眼睛像燃燒著熊熊火焰，彷彿下一秒就會失控地撲上來。

斯利斐爾開始盤算以後在房間裡把翡翠用繩子捆起來的可能性了。

雖然不是很明白斯利斐爾的選擇，但卡薩布蘭加轉念再想，發現這豈不是代表著比起聽翡翠說故事，對方更願意聽自己說話嗎？

哎呀，魅力這麼大眞是太不好意思了。

卡薩布蘭加一愉快起來，說話的語速更快了，簡直像疾速子彈連貫射出。

翡翠只覺耳邊嗡嗡作響，好像聽到很多，但又聽不清卡薩布蘭加在說什麼。

好在有鬱金的協助，他是習慣卡薩布蘭加語速的人，三兩下就替兩位冒險獵人整理出重點。

噬心者的目標是妖精，木妖精更是他們絕對不會錯放的獵物。

同爲木妖精，卡薩布蘭加自然不會袖手旁觀。在冒險公會的龐大情報支援下，她成功與噬心者有了接觸，並順利打進他們的圈子裡。

「她根本就是在馥曼裡閒得無聊，才硬要跑去噬心者那邊。」鬱金冷笑，「你們一定不知道她怎麼混進去的，她殺了她自己。」

「替身啦，替身很好用的。我做了一個自己的替身出來，再僞裝成普通的、一心想追求強大魔力、把噬心者視爲偶像的美少女魔法師。」卡薩布蘭加咯咯笑起，對這項豐功偉業感到自豪。

也幸好噬心者裡沒有專門勘破幻術的高級魔法師，否則卡薩布蘭加的計畫一開始就會失敗。

成功成爲噬心者的一分子，卡薩布蘭加就等著他們再犯案，好抓個人贓俱獲。可惜天不從人願，或許是那陣子神厄追得緊，他們反而安分下來。

然後就是縹碧之塔重新現世。

噬心者大概也沒想到，他們會在縹碧之塔內踢到了鐵板，把翡翠當成首要獵物，卻被他不客氣反殺。

卡薩布蘭加被強行逐出塔後，原本想躲在外面觀望，結果塔說塌就塌，最頂端的大魔法師遺產還分裂成無數塊，朝不同方位飛出。

卡薩布蘭加鎖定一個方向追了出去，卻一無所獲。

「接下來就是神厄勦了噬心者的老巢。但聽說他們去的時候，似乎已經有人搶在他們之前動手，大大減輕了他們的工作量，不過還是有幾條漏網之魚等著他們去抓……好了，可以喝茶了，這個時間點最完美。來來來，別客氣。」卡薩布蘭加笑呵呵地爲大家倒茶。

翡翠剛喝下一口紅茶，差點就噴了出來。

太甜了吧！這是給螞蟻喝的嗎？

卡薩布蘭加疑惑地看著翡翠舉杯停下，「怎麼了嗎？茶不好喝嗎？這可是我們馥曼人人誇讚的頂級紅茶，只要是馥曼在地的冒險獵人上門，就算不想跟我說話，也想要蹭一杯紅茶喝……」

「他們又不是馥曼人。」鬱金熟練地打斷卡薩布蘭加的嘮叨，重新替翡翠他們各倒了一杯水，「把它們中和一下，甜味可以稍微降低，忘記你們不像我們馥曼人那麼喜歡甜的。」

翡翠在心裡猛搖手。不不不，這甜度放在他們世界，大概就是飲料全糖再全糖。

「真是太可惜了，甜可是世界上最美妙的味道，由甜心花製造的砂糖更是糖中極品。」卡薩布蘭加遺憾地說，「馥曼除了水上之都，還有砂糖之地的美稱呢，所有食物都偏甜口。我們馥曼的空氣是甜的，河裡是糖水，沙灘的沙子是糖粒，就連道路也是用糖鋪成的。加糖最棒了，砂糖萬歲。」

「眞的？」翡翠震驚地問，「那可以吃嗎？可以舔嗎？」

「您敢去吃，在下就打斷您的腿。」斯利斐爾溫和地先告訴他後果。

「當然是假的。」鬱金捧起杯子，若無其事地喝起甜度超標的紅茶，眼神嫌棄地瞥向翡翠，「砂糖當然是得加進食物裡。蛋糕要糖，紅茶要糖，蔥爆魚頭要糖，烤肉串要加糖，漢堡要加糖，飯糰要加糖。反正你們想得到的食物，都要加糖就對了。」

翡翠的臉皺成一團。這口味……恕他不能接受。比起甜口，他還是更熱愛當一個正常的鹹食黨。

糖還是加在甜點和飲料裡面就好，糖醋料理是例外。

抒發完自己跑去當臥底的心得感想，卡薩布蘭加把話題繞回翡翠兩人身上。

「好了，說說你們想要什麼情報吧。」

「我們想要進入城主府，調查一點事情。有什麼好的建議嗎？」翡翠也不拐彎抹角，直接切入重點，「然後還要地上平面圖、人員配置圖、城主的喜好跟家庭組成，再加上其他的……不多，估計就九十九條要求吧。」

「要不是看在翡翠你長得美，同爲妖精，還願意聽我說話的份上……」卡薩布蘭加微笑扭曲，「我一定會馬上把你打出去。」

「卡薩布蘭加的話竟然開始變少了？你們待著，給我繼續待著！喝茶嗎？吃點心嗎？我招待！」鬱金大爲欣喜。

想到馥曼食物裡驚人的含糖量，最熱愛美食的翡翠只能含淚拒絕。

甜到那種程度，對他來說已經稱不上美食，而是糖的集合體了。

九十九條要求是不可能的。

就算翡翠長得再美，斯利斐爾長得再帥，卡薩布蘭加也絕對不會被輕易迷惑。她可是馥曼分部的負責人，當然要堅守馥曼分部的利益。

「如果我把斯利斐爾寄放在妳這，天天聽妳說話呢？」翡翠提出另一個條件。

「九十九條算什麼？兩百條都沒問題！」卡薩布蘭加豪氣萬分地一拍桌。

眼看要被賣掉的斯利斐爾不說話，只是手裡出現了一把劍，他正一臉冷漠地慢慢擦拭。

翡翠遺憾地放棄這個念頭，他不想成爲第一個被眞神代理人卡嚓掉的精靈王。

他還有崽崽們要養呢，怎麼能讓他們變成孤兒？

經過討價還價，最後以翡翠他們能拿出的金額，給出了三條情報。

地上平面圖。

城主的家庭關係和基本資料。

以及……

如何光明正大地進入城主府。

卡薩布蘭加替自己再倒上一杯茶，手指屈起，在桌面上敲了敲。

盤踞在牆面各處的藤蔓立刻像是活了過來，可以見到它們一波波地湧動，不到片刻就幫卡薩布蘭加送來了紙筆和一個大信封。

「鬱金，先把門窗都打開一點，煙越來越多了，快熏死我了，要是我死掉的話該怎麼辦？老二和老三一定會痛哭失聲，你這小可憐大概會爲我絕食然後就跟我一起去見了眞神，想想眞是太難過了。」

「誰要爲妳絕食啊？妳也想太美了。門窗暫時不能打開，現在的煙是最完美狀態。」鬱金在其中一排蠟燭前盤腿坐定，拉起紅斗篷兜帽，陰影蓋住他的臉，「現在，別吵我，我要開始占卜了。」

「不好意思，那就只好拜託你們再忍耐一下囉。要是撐不住昏倒的話，我會馬上寫信給灰罌粟，看她對你們的骨頭有沒有……」

「筆、紙。」翡翠快如雷電地奪過藤蔓捲著的紙和筆，氣勢十足地拍在卡薩布蘭加面前，順便打斷對方逐漸離題的嘮叨，以免一整天過去了，他們什麼重點都沒獲得。

卡薩布蘭加接過紙筆開始動作，嘴上的叨唸也改成翡翠他們想聽的內容。

「要進去城主府很簡單，只要你能解決他們近日碰上的問題，他們就會自動迎你爲座上賓。」

「什麼問題？」

「鬧鬼。」

「鬧鬼？」

「對，鬧鬼。事情要從四天前說起，城主府的僕人在半夜睡覺時，會突然聽見有聲音在自己耳邊幽幽響起，悲傷無比地說……不是你。」

「聽起來那個聲音在找人？」

「城主府的人也這麼認爲。連續三晚都有人聽見這聲音，但張開眼卻什麼人也沒見到。如果只有一個人，那麼還可以解釋爲疲勞產生的幻覺，然而僅僅三晚受害人數就高達十二人，其中還包括城主的千金。」

卡薩布蘭加頭也不抬地在紙上速寫出翡翠他們想要的資料。

她下筆動作疾如風，中間連停頓一下都沒有，彷彿完全不須要任何思考。

「要成爲冒險公會負責人，記憶力驚人是必須的，再來是盡可能要求過目不忘……總之因爲這些詭異的事件，城主府才懷疑該不會是鬧鬼了。」卡薩布蘭加換畫起平面圖，「不過這也不是適合到處講的事，因此他們私下找上我們分部，提出委託，希望能找到捉鬼師或是懂這方面的人到他們府上看看。」

翡翠眼底光芒越熾，怪不得卡薩布蘭加會說要混進去不難。

只要他們接下了這委託，打著捉鬼的名義上門，自然而然就能在城主府裡待下了，即便四處查探也不會被懷疑。

就算他對捉鬼什麼的完全不了解，可他認識的那個鬼肯定有辦法的吧。

就決定用他了，縹碧！

幸好斯利斐爾當時有把縹碧留下，讓他成爲他們隊伍的一員。

翡翠由衷地感謝起斯利斐爾那一日的先見之明，「斯利斐爾，你眞是太棒了。」

「雖然無法理解您的誇獎從何而來，但在下確實有資格收下這份讚美。」

「所以我決定晚上繼續爲你唸床邊故事了。」

「您再說一次？」

「沒事，我之前的承諾依舊有效，我是最講信用的人了，你一定得信我。」面對抵上自己脖子的利刃，翡翠面不改色地推翻自己剛剛說的話。

卡薩布蘭加平面圖的繪製已經來到收尾階段，當勾勒完最後一筆，她開心地拍桌站起。

「畫好了！」

「看到了！」

同時響起的還有鬱金驟然變得沙啞的喊叫。

三道目光即刻往鬱金身上射去。

「居然眞的看到了？這次你的效率也太高了吧。難道是因爲有我的愛的加持？早說嘛，以後你占卜我都待你身邊了。」卡薩布蘭加眼放光采，「我會坐在你身旁爲你加油打氣，唸上一天一夜的情詩也是沒問題的。」

「我才不要。」鬱金臉色鐵青，那種程度根本不叫唸情詩了，而是在折磨人吧。不去理會一臉躍躍欲試的卡薩布蘭加，他扭頭看向翡翠他們，「占卜結果出來了，在馥曼的這幾天，你們要當心……『殺戮的怪物將落下悲傷淚水，火焰會無情燒灼喉嚨』。」

「可以麻煩用三歲小孩都聽得懂的方式說明一下嗎？」翡翠有禮貌地請求。

「不行，我只負責說出我看到什麼。你要我解釋這有什麼含意，辦不到。」鬱金無情地否決，「自己去想辦法體會。」

翡翠的背包忽地傳出動靜，袋蓋下一秒被頂開，一個小小的白色腦袋探出來。

「翠翠？」瑪瑙第一時間就搜尋起翡翠的存在。

「啊啊啊啊啊啊啊——」卡薩布蘭加發出了震天尖叫。

鬱金被嚇得差點踢翻地上的蠟燭。

「是掌心妖精！好久沒看到掌心妖精了，可以摸可以抱可以舔舔嗎？」卡薩布蘭加口手並用，嘴上連珠砲地發問，雙手同時控制不住地伸向瑪瑙，「掌心妖精眞的超超超級可愛的，公認是所有妖精族裡可愛的第一名！」

翡翠還沒回應，瑪瑙就先冷酷地扭過頭，手腳並用地快速爬到翡翠臉上，將他抱得緊緊，直接用屁股對著卡薩布蘭加，連施予一眼都不肯。

簡直像用全身的力量在寫著「拒絕」兩個字。

翡翠冷靜地拍拍瑪瑙的屁股，「瑪瑙，你這樣我看不清楚前面了。」

瑪瑙僵了一瞬，接著才心不甘情不願地從翡翠臉上爬下，改蹲坐在他的頸窩處，把臉埋起來，依然是用屁股對著外人。

眼看小妖精都那麼用盡全力抗拒自己了，卡薩布蘭加只能遺憾地按捺住自己蠢動的手指。

她可不想揹上一個欺負小妖精的罪名，那樣是會被全妖精族唾棄的。

「你們會接下城主府的那個委託吧，等等跟我去辦申請。然後看在掌心妖精的面子上，再免費給你一個小情報吧。」卡薩布蘭加將塞好情報的信封交給了翡翠，「去城主府之前，記得先買個符合自己審美的面具。」

第5章

面具？

翡翠不是很明白買面具要幹嘛，不過公會負責人的話肯定有其用意。

他在街上買了兩個最簡單樸素的白面具，又花了一番工夫替瑪瑙找到迷你小面具。他本來想買可愛造型的，但瑪瑙堅持要選和他同款式的。

瑪瑙戴上面具，心滿意足地趴在翡翠頭上，一起前往拜訪城主府。

不同於法法依特北大陸是由帝國所統一，南大陸則是在區域劃分上分為東西南北四區，以四大城為各自中心，由各城主和其下議會治理管轄，區裡其餘城鎮和村落依附在底下。

而馥曼，正是南區的政治中樞。

馥曼城主府外觀恢宏壯麗，由多棟紅白磚石交錯砌成的建築物集結在一起，依照不同功能來區分。最外層是城主和官員們辦公的地方，城主的私人住宅則在更深處。

一聽說他們是接下捉鬼委託的冒險獵人，城主府的人動作迅速地將人迎了進去，一路帶到城主的私人宅第當中等候，並派人通報尚在辦公的城主。

翡翠不介意等待，何況這裡的僕人還送茶水點心上來，雖然甜到讓他只吃喝一口就放下。

他介意的是……

打從踏進這座私宅的前邊院子，帶領他們入內的管家就戴上豬頭面具，就連負責送茶點的僕人臉上也有一張青面獠牙的面具。

放眼望去，接待廳裡除了翡翠他們之外，所有看得到的生物都戴著一張面具。對，包括趴在牆邊睡覺的一隻大白狗。

這畫面也太詭異了。

「不好意思，爲什麼你們都要……戴著面具？」翡翠忍不住心裡疑惑，朝管家提出詢問。

還沒等管家回答，一道張揚聲音猝不及防地由外傳進。

「當然是因爲他們長得太醜了。不把臉遮起來的話，連空氣也會被他們的醜臉弄髒的，我可不想我和我女兒的身體健康受到影響。」

馥曼城主霍夫曼大步走進。

他是個高壯的紅髮中年人，從他身上看不出任何發福痕跡，身材鍛鍊得極好，在布料的遮覆下還能看見他肌肉的輪廓。

然而擁有這般好體態的他，面孔卻不是稜角分明，反倒像是一顆剛揉好、雪白柔韌的大麵團。

「包子。」瑪瑙在翡翠頭上小小聲地說，綠色的頭髮擋住了他迷你的身影。加上他音量小，因此其他人並未發覺他的存在。

翡翠也覺得像包子，不過他明智地沒說出來。他可不想剛上門，就因爲取笑委託人而被掃地出門。

霍夫曼一坐下，就轉頭對身邊人吩咐，「去把碧翠絲也叫過來。」

沒等上太久，接待室迎來了兩道急促人影。

「小姐，妳小心一點，別跑太快！」一名戴著漩渦面具的女僕憂心忡忡地追在後頭喊。

跑在最前頭的紅髮少女顯然就是城主千金。

她穿著與髮色接近的紅洋裝，頸間繫著一條橢圓吊墜項鍊，在燈光下折閃出細膩的光輝。她的臉上沒有戴面具，容貌特徵和自己父親極為相似，一眼就能看出他們之間的血緣關係。

她與霍夫曼站在一塊，簡直就像兩個大小白麵團放一起。

翡翠突然想吃包子了。

「碧翠絲，到這來。」霍夫曼朝女兒招手，「來見見馥曼分部派來的冒險獵人。」

「冒險獵人？不是捉鬼師嗎？一般的冒險獵人懂得怎麼捉鬼或驅鬼嗎？」碧翠絲嘟嚷地提出質疑，但她的抱怨在瞧清翡翠的臉後，瞬時全卡在喉嚨裡。

碧翠絲睜大眼，反射性倒抽了一口氣，「好漂亮的妖精！請讓我為剛剛不禮貌的話語道歉，你長得那麼美麗，能力一定也很強的，你一定具備著厲害的捉鬼能力！」

「碧翠絲，妳又在胡說八道了。他哪裡漂亮？眼睛過大，鼻子尖到能割人，嘴巴的位置也怪。」霍夫曼不悅地皺起眉，對女兒的讚美不以為然，「不管怎麼看，他和另一個人分明都是醜八怪。」

這下換翡翠也要倒吸一口氣了。

他有沒有聽錯？這個世界上竟然會有人指著他這張臉，說他是……

醜八怪？

斯利斐爾本來一直在旁邊當背景板，存在感也低得讓人幾乎無視他的存在。可一聽見霍夫曼不屑的語氣，他的目光登時轉爲森寒，戴著白手套的手指正欲一動，這個小動作被翡翠看得正著。

爲免現場發生血案，翡翠眼疾手快地一把按住斯利斐爾的手，另一手則按住腦袋上要爆發的瑪瑙。

他直接在腦海內對著斯利斐爾喊道：「忍住！別衝動，別說話，好好當你的人形背景板就可以了，一切都交給我處理！」

「您瘋了嗎？居然任憑那人類批評您的容貌？」斯利斐爾大爲不滿，「他批評您腦袋不好、智商有問題就算了，怎能侮辱您的美貌？您能接受，在下是萬萬不能接受的。」

「請你，閉嘴。」翡翠皮笑肉不笑地大力踩上斯利斐爾的腳，「瑪瑙，快點讓斯利斐爾好好抱著你，不准他亂動一下，你最乖了。」

「嗯，我乖。」瑪瑙最聽翡翠的話，他輕巧地跳躍到斯利斐爾的肩頭上，拍拍他的肩，要他把肌肉放鬆一點，再端正坐好，努力用最冷酷的眼神試圖謀殺敢說翡翠醜的大包子。

「這……這也是妖精嗎？好小好可愛，還戴面具耶！」碧翠絲激動得臉都紅了，能夠擁有一個會動會說話的精緻小人偶，絕對是許多女孩子的夢想，「他叫什麼名字？」

「這孩子是瑪瑙。」翡翠微笑介紹，似乎沒看出碧翠絲恨不得上前摸兩把的渴望。

見狀，碧翠絲也不好意思主動開口，只能目不轉睛地盯著瑪瑙瞧。

「連這個小不點都知道戴面具遮醜，你們兩個身為大人，怎麼可以不以身作則？」

霍夫曼看向翡翠和斯利斐爾的目光滿是挑剔，末了他別開臉，似乎難以忍受和醜八怪對視太久。

翡翠來到這個世界以來，還是頭一回見到有人如此看不上他的美貌。他摸摸自己的臉，開始好奇這位城主心目中的好看究竟是怎麼樣的，有時間來私下探聽一下好了。

「我給你們五天時間。」霍夫曼敲敲桌子，開出條件，「假如到慶典前都無法解決問題，我就去叫馥曼分部換一批更有能力的傢伙過來。聽清楚了沒？就只有五天。」

幾乎在霍夫曼暗帶警告的話語落下之際，翡翠的瞳孔猝然收縮，他飛快地看向斯利斐爾。

這動作落在他人眼中，只認爲他們是對這件事互做確認。

沒有人會知道，就在前一秒，翡翠和斯利斐爾腦海內響起了世界意志的聲音。

冰冷、無機質，並且毫無波瀾。

「任務發布，請在五天之內，成功尋找到一千顆星星。」

「星星」兩字一撞入翡翠大腦，他第一時間就想到了他們前來城主府的眞正目的。

——碎星。

可他旋即反應過來，任務內容是一千顆星星。

等等，照縹碧的說法，城主府只有一顆碎星，他去哪邊找那麼多星星？

世界意志不會是撞到腦袋了吧……它好像沒有腦袋這東西。

就跟斯利斐爾一樣。

「怎麼回事？世界意志是不是說錯數量了？」翡翠朝斯利斐爾傳送質疑的訊號。

「世界意志不會出錯。」斯利斐爾同樣以意識回應，「它的任務都必定有意義。您必須在五天內找到一千顆星星才行，在下相信您做得到，做不到也得做到。」

見翡翠和斯利斐爾沒有即刻開口，霍夫曼以為他們對這個期限有意見。

他哼了一聲，「雖然我要求五天內要看到結果，但你們可以在城主府待到第六天，等參加完兩百週年紀念慶典後再離開，還能順便見識一下大魔法師贈送給我家族的禮物。而這幾天裡，吃喝住宿都會由城主府提供。」

「沒問題，完全沒問題。」翡翠迅速回神，果斷將星星的數量問題先壓到腦後，大方地朝霍夫曼露出一個燦爛的笑容，他最愛這種大方的委託人了。

「哈根。」霍夫曼朝管家招手，「去幫兩位客人準備房間，記得客房裡要插上剛摘的鮮花，香氛蠟燭也要點起來，不要讓別人說我們的待客之道差勁。對了，你們需要大抱枕或玩偶熊之類的嗎？可以在晚上睡覺抱在懷裡增加安全感的那種。」

霍夫曼冷不防朝翡翠他們扔出問題。

瑪瑙板著小臉蛋，替翡翠發言，「不要抱枕，不要玩偶。」

「差點忘了還有你這個小不點在。哈根，記得再準備一張迷你床，顏色要選最粉嫩的……還是直接去弄一棟娃娃屋回來吧。」霍夫曼沉吟道。

翡翠現在看霍夫曼，只覺得他這人根本是渾身散發聖光。

怪不得街上遇到的那對小兄妹會說，馥曼城主是個奇怪的好人。

雖然審美詭異，還非得讓人戴著面具……但整體來說，城主先生簡直就是天使吧，超級貼心的！

霍夫曼注意到翡翠他們手邊的茶點幾乎沒動，眉毛又皺起來。

「怎麼能只招待客人豪華級的馥曼甜點呢？去叫人把超豪華等級的端上來，那些才是馥曼食物的精髓。」

「不不不。」翡翠用最快速度攔住霍夫曼，「請給我們毫無馥曼靈魂的食物就可以了。真的，我們一點也不挑，不須要給我們那麼好的。」

「爸爸，他們肯定吃不慣這麼甜的東西，我就說糖還是不要加那麼多比較好嘛。準備一些清淡的點心過來，茶記得別加糖。」碧翠絲對著一名僕人提醒。

「沒有糖的東西哪稱得上是食物？居然有人有辦法吃得下去？」霍夫曼一臉難以苟

同，「碧翠絲妳也是。我聽廚房的人說，妳這陣子都要求他們少放糖或是乾脆不放糖，妳以前不是最愛吃那些充滿靈魂的馥曼食物嗎？」

「爸爸你不懂啦。」碧翠絲拉著霍夫曼的手撒嬌，「人家還是怕變太胖的，女孩子總是須要減肥嘛。」

「明明就不胖，減什麼肥？」霍夫曼搞不懂小女生的心思，「妳可別把自己身體弄壞了。」

霍夫曼沒有在接待室待太久，他的工作還沒處理完，得回去辦公。他簡單與自己女兒交代了幾句，就要匆匆離開。

正巧另一名女僕端著大大的餐盤過來。

霍夫曼也沒留意，越過她向前走，接著他就聽見身後傳來一陣刺耳聲響。

「怎麼回事？」霍夫曼不悅地回過頭。他語氣嚴厲，但配上那張臉，著實讓人感覺不到威嚴。

送茶點來的女僕垂著頭，低聲道歉，「對不起，我剛剛沒端穩，差點打翻……」

霍夫曼瞄了一眼，確認餐盤上的東西沒眞的翻倒，再看向翡翠他們，頓時得出一個結論。

「你們果然還是該戴面具，把那張醜臉遮起來，否則也不會嚇到我家下人。長得醜不是罪，但長得醜還不肯遮住，那就是對別人的傷害了。碧翠絲，晚點妳從我的收藏裡挑兩個……算了，妳直接找青蛙和豬頭的那兩個吧。就算你們是客人，但在我家就得遵守我的規則，在我的視線範圍內都不准讓我看到你們的臉，那會讓我覺得呼吸都很困難。不行，我真的得趕緊走了，不然我待會就病發了怎麼辦！」

翡翠總算明白為什麼卡薩布蘭加會要他們先自備面具了……青蛙和豬頭，他絕對不想戴著這種東西在路上走的。

翡翠相信，如果不是霍夫曼走得快，恐怕斯利斐爾又要再度暴起。

這位眞神代理人對任何人事物都不放在眼裡，但對精靈王的美貌卻是護短得很，根本到了蠻不講理的地步。

任何人都可以說精靈王蠢，但絕不准說精靈王醜。

想到斯利斐爾可能會有的心理活動，翡翠一陣沉默。

這種護短感覺讓人更火大啊。

誰也沒有多留意到那位差點打翻杯盤的女僕。

她安靜地送上茶點，全程低垂著臉，像不敢直視客人，就連退下時也是悄然無聲。

翡翠捏起一塊小點心，送到瑪瑙嘴邊，視線碰巧捕捉到那抹離去的背影，也看見了對方垂在背後的水藍髮絲——末端呈現半透明，令人想到水流晃動，似乎不經意就會激起點點水珠。

這種充滿特色的頭髮，翡翠只在一個人身上見過。

水之魔女．露娜莉。

翡翠搖搖頭，沒有繼續多想，很快就把這段小插曲遺忘在腦後。

先不論露娜莉極有可能已經死去——畢竟他可是在人家胸口上捅了一個洞——就算她還活著，她那種恣意妄為的性格，也不可能乖乖在別人家當僕人。

戴著黑兔面具的女僕一退出招待室，低垂的頭顱即刻抬高，背也拉得挺直，整個人的氣勢頓時截然一變。

來到無人的轉角後，她伸手摘下自己臉上的面具，露出艷麗奪目的面容，猶如一朵妖嬈盛開的花朵。

假如翡翠看見了這張臉，一定會認出這人是誰。

正是他以爲不可能出現在此地的水之魔女。

路那利的步伐沒有停下，臉上的冷靜也逐漸扭曲爲狂喜，藍眼裡像掀起洶湧大浪。

他走得又急又快。

他必須要找個地方宣洩他的喜悅，然後再盡快到他的小蝴蝶身邊去，好好地注視著對方。

他要讓自己的目光舔舐過綠髮妖精完美的每一處，只要想到自己終有一天能把人製作成最棒的收藏品放在身邊，胸腔裡的心臟就情不自禁地顫動。

他在馥曼城主府的等待果然沒有白費，翡翠確實來到這裡了。一段時間未見，他的小蝴蝶還是如此美麗動人。

就是旁邊的銀髮男人礙眼至極，還有那個戴面具的掌心妖精……那東西又是怎麼回事？是什麼時候冒出來的？和翡翠是什麼關係？

狂喜過後，路那利緊接著冷靜下來，有條不紊地去思考問題，他的眼中掠過瞬間的若有所思。

還有，翡翠來這的目的到底是什麼？他是冒險獵人，會上門想必是跟委託有關。難不成，瑞比那蠢蛋也找了翡翠幫忙抓噬心者的餘黨嗎？

還是說……是爲了傳說中的大魔法師贈禮？

這些都是暫時得不到答案的問題，還需要時間去調查，路那利也不急著求快。他戴回面具，快步走向西館的傭人宿舍，與來往的面具同事擦身而過。

在城主府工作比外人想像的輕鬆許多，只要做好自己份內的事，中途開一下小差也不會被人過問。

路那利在這時間選擇回到西館，也不是引人注目的事。

路那利的房間在三樓，不算大，卻是一人獨享，不用和別人共處一室，省下他許多麻煩。

畢竟他是以應徵女僕的名義混進來的，爲的就是要抓出躲藏在這地方的噬心者。

那傢伙會選擇馥曼城主府作爲藏身之地，十之八九是爲了伊利葉在百年前送給霍夫曼他們家族的那份禮物。

現在加上翡翠的到來，想必那名噬心者會更快按捺不住。

木妖精，這對噬心者來說是多大的誘惑。

路那利盤算著以翡翠當誘餌的可能性——當然，他會把翡翠保護得好好的，不讓人受到一絲損傷。

假使噬心者膽敢染指，就剁了對方的手。

無數念頭在路那利腦海中快速轉動，而當他走進房間、關上了木板門，他將各種計畫壓在心底，唯一在意的只剩下一件事。

「他來了，我等到他了……妳聽到了嗎？我終於見到他了。」

房裡空無一人，只有多件不符合僕人身分的華麗衣裙散落在四周。

「我又見到我的小蝴蝶了，他還是那麼完美。不論是他的頭髮、眼睛、手腳、每一寸肌膚，都美得如此不可思議，讓人迫不及待想將他殺了做成收藏品。」路那利隨手把面具一扔，在房間裡繞著圈，每個步伐都像在發洩他的亢奮。

他的眼睛底處閃動著異光，房內的水氣霎時凝出無數冰珠，像是控制不住的子彈，啪啪啪地全射向牆壁。

「不，殺了不好……還是先冰凍起來，保存他的美。」路那利看也不看被自己破壞的牆壁，反正這裡只是暫住的地方，隨時都能撤退，「我要用寶石和冰花來爲他做裝飾。」

「你那是犯罪，是犯罪罪罪罪罪喔！」尖細的小孩子聲音從角落冒出，「不過隨便你啦，別打擾本小姐看書就好，要趕緊看完才行，不然就來不及了。沒看到結局會讓我想要暗殺作者，暗殺、咒殺，殺殺殺殺！」

「妳好吵，妳打斷我的想像了。」路那利不悅地坐回床墊上，深色裙襬在他身下有若一朵盛綻的大花。

「那本小姐小聲一點，展現我的優秀禮儀給你看。」聲音變氣聲說話，「我的禮儀可是從好幾百年前就具備的，感謝我的前輩，感謝我前輩的主人，感謝他們讓我來到這世界發光發熱，將咒殺的美妙發揚光大！」

「再囉嗦我就割斷妳的脖子，我對妳的廢話一點興趣也沒有。」

「來啊，怕你啊！信不信本小姐半夜暗殺你？不信的話我們就來互相傷害啊！」

「把妳的這份精力省下，趕緊把正事辦完，記得從外面回來的時候把自己弄乾淨，別弄髒我的房間。」

「這有什麼難的？我可是集美貌與智慧於一身的公主小姐，沒有什麼事難得倒我的。我會在夜晚展現鬼魅般的行動能力，咻咻咻地完成人類都做不到的任務。只不過他們人那麼多，一個個找也很累的。」

「那是妳的問題，我唯一的要求就是別浪費太多時間，我還要跟小蝴蝶好好相處呢。」路那利抬起細長雪白的手指，突然覺得上面的指甲油顏色不夠漂亮，他蹙起眉宇，「藍色和翡翠不搭，還是換成綠的好了。」

從路那利口中滑出的人名，對他的搭檔來說有如平地一聲雷響起。

「等等，你說誰？」白色的嬌小影子震驚地從角落蹦跳出來，差點以爲她引以爲傲的長耳朵出了問題。

翡翠？

翡翠！

☆卡薩布蘭加髮間、腰帶裝飾☆

馥曼分部負責人之一。

木妖精的她也喜歡以植物花紋作為自身飾品。

~~也許唯一能忍受她的喋喋不休的也只有植物了~~

第6章

「哈啾！」

翡翠不由自主地又打了一個噴嚏，他揉揉鼻子，覺得這說不定是身邊的絕世美鬆餅在想他了。

斯利斐爾不知道翡翠在想什麼，但這並不妨礙他直覺性地以凌厲眼神刺向對方。趴在翡翠腦袋上的瑪瑙連忙摸摸他的頭，再把手掌用力舉高，「感冒，飛走了。」

「翡翠先生，你還好嗎？」戴著漩渦面具的柯菈也語帶關切地問道：「有哪裡不舒服嗎？須要休息一下嗎？旁邊的小花園那裡有椅子，我們可以先去那邊坐坐。」

原本是要由碧翠絲帶領翡翠在城主府裡逛一圈，熟悉一下這幾天內會接觸到的環境。只是碧翠絲身體突然不適，只好把這項工作轉交給自己最信賴的女僕。

柯菈戴著面具，紅髮綁成整齊的辮子，從面具後傳出的聲音相當年輕，輕快說話的時候像是百靈鳥拍振著翅膀。

雖然看不清臉，但她的嗓音一直含帶笑意，對待翡翠的態度也很友善，甚至稱得上相當熱絡。

「沒事，只是突然鼻子癢癢的。」翡翠對柯菈一笑，下一句則是特地說給瑪瑙聽的，「不是感冒。」

瑪瑙拍拍胸口，吐出一大口氣。

「柯菈，再麻煩妳說下去了。」

「好的，翡翠先生。我們剛剛說到哪了？噢，我想起來了，是最開始有鬧鬼跡象的時候。」

城主府的僕人碰上怪事是從四天前。

第一人是管家的親戚，負責照顧花草的園丁。根據他的說法，他那天晚上睡得正好，碰巧幾日都下雨，怕雨水打進來，他把窗戶關上鎖起，房門自然也有上鎖。

可就在好夢正酣之際，忽然聽見有人在說話。

那聲音尖尖細細，聽起來就像是小孩子一樣。

「沒有、沒有……沒看到，不是你……」

小孩子的聲音聽不出男女，語氣裡卻有著濃濃的哀怨。

但西館是沒有小孩的，這個認知讓園丁心中一個激靈，頓時從夢中驚醒。

他反射性睜開眼睛，卻什麼也沒看到，然而房內還留著啜泣的哭聲。

嗚嗚噎噎，讓人在大半夜起了一身雞皮疙瘩，寒意從腳底板一口氣竄上腦門，把所有睡意都凍得一絲也不剩。

園丁被嚇得大腦一片空白，只記得衝出房間，最後被人發現驚嚇過度，昏倒在走廊上。

眾人只以爲他是作惡夢，才會分不清夢與現實，沒人把他說的話當眞。

到頭來，連園丁都忍不住懷疑昨晚碰到的是不是一場幻覺。

這事並沒有傳出僕人之間。

當晚又有兩人遇到類似的事。

但依舊沒受到正視，畢竟那兩人正好同一房間，一人作惡夢，嚇到另一人，這可能性也不是沒有的。

直到第三天。

那一晚的尖叫聲此起彼落地響起，一個接一個，彷彿不會有停歇，整棟傭人宿舍都被驚動了，緊接著換主樓那邊也傳來騷動。

碧翠絲也成爲這一夜的受害人之一。

所有人口徑與之前三人相同，都是聽見小孩子般的聲音，在他們耳邊幽幽地說：

「不是你，爲什麼不是你？到底在哪裡？」

醒來後房裡還能聽見小孩的哭泣聲。

連城主千金都受害，這件事立刻被高度重視起來。最後決定向馥曼分部提出委託，尋找能捉鬼或驅鬼的相關人士。

說到自己服侍的小姐也受到驚嚇，柯菈的語氣頓時變得義憤填膺。

「那個鬼眞是太過分了，居然跑進小姐房間，還嚇到小姐。要是那天我能跟小姐睡一塊就好了，這樣我就可以想辦法保護小姐……我怎麼那天就睡得那麼沉呢？明明就在隔壁房，卻沒注意到小姐房裡有什麼動靜……」

「關於你們小姐的事，能說得詳細一點嗎？」

「可以的、可以的，小姐和我感情最好，什麼都會跟我說。翡翠先生，再來我們往這邊走。」

瑪瑙揪著翡翠的一撮頭髮，趴在他的頭頂上，好奇地東張西望，沒一會就揉揉眼，打起了呵欠。

剛出生不久的小精靈是須要多睡覺的。

瑪瑙自動自發地回到翡翠胸前的口袋，背包裡的小床也很好，但能和他的翠翠靠近一些會更好。

他要趁另外兩個叫珍珠和珊瑚的傢伙還沒孵出之前，多爭取與翡翠相處的時間。要不然以後翠翠只有一個，卻得被他們三個人搶。

翡翠動作輕柔地拍撫口袋，聽著柯菈對四周環境的介紹。

城主府的設計是前半用來辦公，被稱爲辦公樓，後方才是屬於城主的私人領域。城主私宅又分爲主樓和西館。

主樓佔地不小，是棟三層樓的建物，每層樓都被外廊包圍，前後皆有大庭園。

除了霍夫曼和碧翠絲之外，還有幾名資深僕人也住在裡面，今日帶翡翠他們進來的管家便是其中之一。

西館則是僕人們居住的地方。

柯菈卻沒有住在西館，雖然才來工作不久，但因為是碧翠絲的貼身侍女，所以也待在主樓，就睡在碧翠絲寢室的隔壁。

一旦碧翠絲需要她，才方便在最短時間內趕至身邊。

來往的城主府僕人皆戴著面具，翡翠和斯利斐爾的存在變得格外顯目，走在路上不時會引來關注。

在柯菈的帶領下，翡翠他們參觀完了大半城主府。

從柯菈口中，翡翠他們可以大致得知霍夫曼和碧翠絲的個性。

霍夫曼雖然審美詭異、要求古怪，言行間也透著幾分不好相處，可從不會苛待下人，提供的待遇優渥，於各種細節上也意外貼心。

在馥曼城裡風評極佳，可說是一位備受推崇的好城主。

至於碧翠絲，與自己父親相比，給人的印象就沒那麼強烈，但也是一名性情活潑、待人溫柔的女孩子。

「我是本地人，很幸運能來這邊工作。雖然進來的時間不算久，一開始還有些提心

吊膽，但小姐真的非常、非常好相處。」柯菈嘰嘰喳喳地說，竭力宣揚自家小姐的好，

「你們和她待在一起，一定也會明白我……啊，不好意思，好像都是我在說。翡翠先生，你們要喝茶嗎？我泡的茶很好喝喔。」

翡翠馬上就想到馥曼特有的超級甜茶，他端起不失禮貌的微笑，鄭重地拒絕了。

「那點心呢？翡翠先生你們想吃點心嗎？這個時間點，廚房那邊會出爐很好吃的蛋糕或小麵包呢。你們可以享用點心，我繼續跟你們多說一些城主府的事。我知道後花園那邊有很適合吃點心的地方。」柯菈不遺餘力地推薦，注視翡翠的雙眼內滿是熱切。

翡翠自認不是一個螞蟻人，他愛吃甜點，可是那種甜死人的蛋糕、小麵包還是敬謝不敏——就如字面上的含意，是真能把人甜死的程度，而不是一種誇大的形容詞。

正當他想再婉拒，突來的直覺讓他倏地朝後看了一眼，一樓的前廊處只擺著幾個綠意盎然的大盆栽。

「翡翠先生，你願意吃點心嗎？」

「謝謝妳，柯菈，但我其實還有點撐呢。」

「這樣啊……」柯菈大失所望，低頭揪扯著衣角，似乎在絞盡腦汁想著還有什麼適

合的話題。

翡翠又轉頭看了一次右後方，那裡空無一人，但他莫名有種被人暗中窺探的感覺。

是錯覺嗎？

還是真的有人在偷窺他？

他摸摸自己的臉，精靈的外貌引人注意也是理所當然。

這麼一想，翡翠也不把這件事當一回事，轉頭就拋到腦後了。

察覺到視線感的人還有斯利斐爾。

視線的主人是一名戴著黑兔面具的女僕，她的速度快得不似常人，才會沒被翡翠抓個正著，但依然被斯利斐爾捕捉到。

斯利斐爾只望了一眼就淡漠地回過頭。在他看來，精靈王的美貌毫無瑕疵，招人多看是再正常不過的事。

倘若有人不看，那才是審美有問題，例如馥曼城主。

翡翠摸摸嘴唇，既然環境認識得差不多了，那麼接下來就該從人這方面著手。

「柯菈，能不能安排我們和那些撞鬼的受害者見面？我想再和他們仔細談一談。」

「好的，當然沒問題，我馬上就去找管家安排。」柯菈雙眼放光，精神瞬間以肉眼可見的速度高昂起來。

除了碧翠絲，翡翠在第一天就和城主府撞鬼的受害者們都聊過一遍，問完了他想知道的細節。

隨著夜幕降臨，翡翠他們的房內亮著明亮的燈光，被香氛蠟燭熏過的房間飄著一股淡淡清香。

方便起見，翡翠選擇了雙人房而不是兩間客房。

他們的客房原先是被安排在主樓，但鑒於絕大多數受害者都是傭人宿舍裡的人，翡翠便要求移到西館。

直覺告訴他，這裡會有關鍵的發現。

翡翠盤坐在柔軟的大床上，兩顆金蛋被他擱在腿間空隙，一顆時不時滾來滾去，一顆懶洋洋地躺著不動。

瑪瑙則直接霸佔翡翠的一條大腿，一臉正經，眉毛也微微皺起，乍看下好像在陪著翡翠一起苦思，如果他的視線焦點不是落在翡翠臉上的話。

這隻白髮小精靈其實只是看翡翠看得太認眞而已。

翡翠盯著擺在他面前的一張紙，上面列出了受害者們闡述的重點。

受害者男女皆有，顯然那疑似鬼的存在不挑性別。

怪事發生的時間點都在三更半夜。

會先聽見小孩子窸窸窣窣的說話聲，接著語氣變得幽怨，如泣如訴。

沒人撞見過聲音主人的眞面目。

被入侵的房間都是門窗關上的，也沒有被開啓的跡象。

來無影、去無蹤，加上城主府近日來根本沒有誰帶小孩子拜訪，也難怪會被認爲是有鬼魂作崇。

翡翠自認對鬼魂一事沒半點研究，倘若眞的有，那也隨著他的重生忘光光了，他到現在連自己死的時候是幾歲都想不起來。

不，或許不會太老，應該還是正青春貌美的時期……翡翠眼裡滑過剎那的若有所思，回想起縹碧之塔內發生過的事。

紫羅蘭曾在塔內突然恢復原形，巨大膨脹的蝦身撞飛了周圍所有人，自然也包含他在內。

那時他的腦袋重重磕上了牆壁，幾個零散片段畫面霎時躍出腦海。

雖說轉瞬即逝，但翡翠最後還是把它們記下了。

少了字的　星高中校門口……

被抹去臉孔的黑西裝男人……

斷裂的後照鏡裡映出了模糊的黑色長髮人影……

人影的臉孔看不清楚，畢竟被糊了一臉血，但輪廓感覺還很年輕。

基於自己是車禍身亡，翡翠合理懷疑那個黑長髮的人恐怕就是自己。

所以他是個擁有一頭黑長直秀髮的年輕殺手啊。

翡翠在心裡感慨一句，轉眼就把這些思緒拋到一邊，心力投注在紙上。

「斯利斐爾，你了解鬼嗎?」看了半天，確認過眼下的那張紙也不會長出一朵花，或是自動生出更多有用線索，翡翠把紙揉成一團，隨手要往床下扔。

「簡單定義，生物死後留下的能量體。您敢亂扔，在下就把手上拿的東西扔到您臉上。」斯利斐爾將擦拭完的劍刃收進劍鞘裡。

「你好煩啊，你這潔癖男。所以你會扔裡面那個還是外面那個？」翡翠舉到一半的手若無其事地放下。

「您猜？」斯利斐爾柔和一笑。

那罕見的笑容讓翡翠搓搓雙臂，起了一身雞皮疙瘩，腦中跟著跑過「斯文敗類」、「衣冠禽獸」之類的字眼。

「鬼是能量體，然後呢？你話怎麼能只講一半，做人怎麼可以這樣呢？」明明是自己先繞到其他話題，翡翠就是有辦法面不改色地做到惡人先告狀。

「不能這樣，翠翠說的對。」瑪瑙負責附和。

看在小精靈的面子上，斯利斐爾決定不把劍鞘往翡翠那邊扔了，「強的能量體便是大陸上俗稱的鬼、幽靈、亡魂，看您想如何稱呼都行，反正都是死掉的……有部分的鬼保有理智，更多的是只殘留某部分記憶或是執念。」

「你那個停頓是想說蟲子吧。」

「您要知道，很多事只要看破不說破就好，例如您的智商和內涵。」

「完美，翠翠完美！」瑪瑙用力鼓掌。

斯利斐爾極為罕見地噎了一下。明知道瑪瑙完全是為翡翠而盲目，但面對像小包子一樣的小精靈，他總是拿不出像對待翡翠時的尖酸刻薄。

「通常能夠自由行動，擁有清醒的自我意志，這類鬼魂的力量一向比較強大。」斯利斐爾裝作什麼事也沒發生般繼續談論起鬼，「在尚未與城主府引發騷動的東西見過之前，在下也不好判斷。」

「那縹碧到底算怎樣的鬼？守護靈和幽靈有哪邊不同嗎？」翡翠捧起瑪瑙，給了他一個臉頰親親當作獎勵。

瑪瑙從脖子一路紅到耳朵，他雙手害羞地摀了一下臉，又故作沉穩地將另一邊臉頰轉向翡翠，瘋狂暗示這邊也需要一個獎勵親親。

「他自稱是縹碧之塔的守護靈，也稱呼伊利葉是他的造物主。」基本上只要翡翠別把小精靈當成包子一口吞了，斯利斐爾向來對他與瑪瑙間的親暱樂見其成，「您可以把他當成……他是一個經過改造的靈。」

「嗯嗯嗯，所以他本質的確是個幽靈。也就是說他……」

「伊利葉把某個亡者之魂加工，打造出守護縹碧之塔的守護者兼遺產。假如此處真有其他鬼魂，那麼他便能感應到對方的存在。」

「明白。」翡翠閉上眼睛，集中注意力，在心裡拚命地呼叫縹碧。

房間內沒有突然出現第四人的身影。

翡翠也不意外。

縹碧趕過來也是需要一點時間的，而在這之前……

「我們所在的座標我已經發給他了，在他過來和我們會合之前，我們先去找找碎星可能會被放在哪裡吧。」翡翠把瑪瑙放回口袋，兩顆金蛋也裝入包包裡，這些都是絕對不能離身的超重要寶貝，「我想他不會爽約的，畢竟我親切和善地留了言給他。」

倘若這次沒有依約趕來……

那麼下一次縹碧再出現的話，他就會用盡一切辦法，克服所有的心理障礙，把那傢伙當成人形玫瑰大果凍，切片吞了！

在煩惱如何找到一千顆星星之前，翡翠覺得還是先找數量少的。

獲得一顆星星總是比一千顆容易。

碎星，或者說大魔法師的禮物對霍夫曼而言，鐵定是極爲重要的東西。

那麼，一個人通常會把重要的東西放在家中哪裡？

一，隨身攜帶。

二，放在最安全的地方。

隨身攜帶是不可能的。

翡翠記得很清楚，縹碧曾經提過，大魔法師的禮物是收納在一個罐子裡，罐子表面還畫了一顆愛心。

只要能想辦法找到那個罐子，碎星就是他們的掌中物了。

那麼問題又繞回來了。

罐子到底會被收在哪裡？

傭人宿舍的西館自然是可以剔除在外，辦公樓同樣也可以畫叉。

最大的可能性果然是在霍夫曼他們居住的主樓。

翡翠在詢問那些僕人們撞鬼遭遇的時候，順帶也旁敲側擊了一些有關禮物的消息。

可惜眾人也只知道城主手上有個偉大魔法師贈送的禮物，至於禮物長得是圓是扁，皆是無從得知。

不過倒是打聽到霍夫曼在家時最常待在書房，書房的整理也從不假他人之手。如果未經他同意擅自闖入，便會得到一頓嚴苛的懲罰。

說起那懲罰，其中一名僕人還忍不住打了個哆嗦。

「太殘忍了……居然整整一個月的伙食都嚴禁添加砂糖，所有與糖有關的東西也通通不准加進去……」

「沒有糖的食物，是沒有靈魂的！」

「那個可憐的傢伙，還沒撐到一個月就變得像行屍走肉。就算現在懲罰結束了，心靈和肉體依舊留下了可怕的傷痕……願眞神保佑他。」

對這個所謂的懲罰，翡翠不太想發表意見。

雖然柯菈只帶領他們參觀外邊，主樓內的構造他們並不清楚，不過好在他們有馥曼分部的友情價折扣贊助。

城主府平面圖和人力分布圖萬歲。

將和城主府相關的情報都牢記在腦海內，翡翠他們打算在今夜去主樓一探究竟。簡單來說，就是趁著夜深人靜、眾人熟睡的時候，潛進去當個小偷。

這個計畫被翡翠命名爲「尋找星星大作戰」。

翡翠留了張紙條給縹碧，告訴他如果到了的話，先負責將西館巡邏完畢，確認有沒有任何鬼魂躲藏在其中。

瑪瑙很想要陪翡翠參與全程，但午夜十二點一過，他的眼皮就開始支撐不住地掉下。他固執地用手指把眼睛撐得大大的，希望翡翠不會發現到他的睏意。

但翡翠怎麼會沒發現到。

翡翠被瑪瑙的舉動逗笑，眼裡是如水柔軟的溫柔。他已經可以很清楚地分出來，這種重視的心情絕對不是食欲，而是一種憐愛。

他用手掌揉揉瑪瑙的頭髮，許諾了明天、後天、大後天、大大後天都會有床邊故事後，將人小心地放進包包裡。

翡翠以眼神向斯利斐爾示意，兩人猶如兩條無聲的鬼魅，從西館奔進夜色中，尋找主樓最好入侵的入口。

主樓是三層樓建物，每層外邊有外廊環繞；一樓是資深僕人居住，二樓和三樓才是霍夫曼他們的主要活動區域。

翡翠他們在沒驚動任何人的前提下，順利摸進了主樓裡。

他們沒有在一樓多花時間，直接沿著樓梯上了二樓。

霍夫曼的臥室、書房、資料室、會議室，都位於此處。

霍夫曼把大魔法師的禮物藏在臥室的可能性也相當高，可惜眼下的時間點不適合進入搜查，因此翡翠便選了書房作爲他們此行的首要目標。

城主府的僕人們也說過，霍夫曼如果在家，待在書房的時間是最久的。

「斯利斐爾，你從左邊，我從右邊，看書房是哪一間。」一踏上二樓走廊，翡翠立刻分派任務。

二樓範圍不小，房間也多，分開搜索是最省時間的方法。

幸運的是，這裡的房間大多沒上鎖，調查的速度頓時快上許多。

斯利斐爾在他負責的那邊先找到了書房。

翡翠反手將書房門關上，也沒有開燈。

萬一燈光從門縫和窗戶洩露出去，在黑暗中將成為最矚目的焦點。要是正巧碰上有人走出房間，第一時間就會被察覺到不對勁。

不過，精靈的視力雖勝於人類，但也不代表一片漆黑之中還有辦法看得一清二楚。

翡翠將日核礦拿出來當手電筒前，不忘先把書房的窗簾拉上。

斯利斐爾則不須借助任何外力，他佇立在書櫃前，目光逐一掃過櫃裡的成排書籍。

「他有許多不錯的藏書。」斯利斐爾點評，視線停在《教你如何育嬰帶孩子》一系列。

「有美食相關的嗎？」翡翠只在意這點。

「沒有。」斯利斐爾冷淡否認。

翡翠對那些書登時喪失興趣，只交代道：「要是發現哪本書特別厚，記得翻一下。有些人會利用書來當偽裝，打開來看裡面其實是個盒子。我負責檢查桌子附近吧。」

霍夫曼的書房是好幾間房間一併打通的，格外寬敞，牆邊全是桃心木書櫃。偌大的辦公桌安置在落地窗旁，白日能迎來良好的採光，一旦光線太過刺眼，還能把旁邊的窗簾拉上。

「碎星、碎星……星星你在哪裡？」翡翠將每個抽屜都拉開來檢查，卻沒有找到任何疑似罐子的物體。

裝禮物的罐子上有伊利葉的親筆簽名，所以霍夫曼或是他的父親、祖父……都不太可能把罐子丟了，改把禮物放到其他容器裡。

翡翠的視線落到辦公桌底下的櫃子，他伸手一拉，櫃門順勢打開，裡面赫然是個金屬箱子，上頭的數字轉盤讓他想起他們世界的保險箱。

有保險箱，就表示裡面有貴重的東西。

翡翠絞盡腦汁回想一下，自己好像沒什麼開鎖技能，照理說，一個好殺手應該是十八般武藝全能的。

「斯利斐爾。」他果斷尋求外援，「你過來看一下，你能打開這個嗎？」

斯利斐爾站在翡翠身後查看，「在下可以暴力破解它。」

「暴力我也會，超會的好不好？」翡翠給他一枚白眼，「問題是暴力下去，不就擺明有人入室搶劫了嗎？霍夫曼不會派人調查才……」

話還沒說完，翡翠驟然看向門口處，門後似乎有動靜傳來。

斯利斐爾動作更快，他飛快關上櫃子，把翡翠拉進窗簾後，自己則是隱匿身形又縮小體型，安坐在翡翠肩上。

「什麼狀況？」翡翠氣聲問。

「有人往這裡走過來了。」斯利斐爾回答。

下一秒，書房外便傳來了門把轉動的聲音。房門被打開，接著燈光「啪」地大亮。

好在翡翠身形纖細，窗簾厚重，長度又垂到了地板上，要藏起一個人還是做得到的。只要別掀開窗簾，就不會發覺到書房裡還躲著其他人。

翡翠的視力再怎麼好，也難以穿透眼前的布料，他只能憑聲音來判斷眼下情況。

書房門被關上，有人朝他們躲藏的方向走過來了。

然後停住。

椅子被拉開，那人坐了下去。

翡翠提起的一顆心放下，幸好不是要來掀窗簾的。他摸出體積迷你的雙生杖，隨著心念轉動，法杖變成了迷你版的長槍。

翡翠動作謹慎地在窗簾上割開一道不明顯的縫隙，眼睛湊過去往外看，映入眼中的赫然是霍夫曼的背影。

霍夫曼全然不察自己身後還站著一個大活人，他安靜地坐在辦公桌前半晌，忽然彎下身，打開了翡翠先前想下手的櫃子。

快打開、快打開。翡翠在心裡催促著，只要一確定保險箱內就是那個有簽名還畫愛心的臘肉罐子，他馬上就將「入室搶劫」這個方案納入考慮範圍。

霍夫曼輸入密碼，打開了保險箱，從裡頭拿出一個細細長長的東西。

那怎麼看也和罐子劃不上等號。

霍夫曼慎重地從畫筒裡抽出一幅畫，再小心翼翼地把它攤平，看著畫上的女子，他眼眶一紅。

不管他平時對外再怎麼展現出硬漢形象，可一看到亡妻的畫像，悲傷和懷念就湧了上來。

「老婆，嗚嗚嗚……老婆我眞想妳，女兒也想妳……」他抹抹眼角，長吁短嘆地說，「妳都不知道我有多痛苦，沒了妳在身邊，除了我們女兒外，我天天都得看一堆醜八怪。每次都感到眼睛被狠狠地傷害，說不定哪天我的眼睛就要被他們醜瞎了。爲什麼妳那麼早就走了……我眞的好想妳……」

翡翠記得，城主夫人是在一年前病逝的。

「自從妳走了以後，馥曼就再也沒有美人了，任何人都比不上妳的美貌。老婆，妳就有如最耀眼的寶石，最輝煌的太陽，最艷麗的花朵，萬物都因妳而失色……妳的離去，對馥曼來說是多麼大的一個損失。不，對全大陸而言都是難以挽回的損失。」

翡翠在窗簾後聽得津津有味，對城主夫人的容貌也越發好奇。

霍夫曼沒有待得太久，緬懷完妻子，他吸吸鼻子、抹抹眼淚，重新收起東西，離開了書房。

翡翠沒有馬上從窗簾後走出來，他耐著性子再等一會，直到外邊完全沒了動靜才鑽出窗簾。

就算已經知道保險箱內放的不是大魔法師的禮物，還是不能阻擋翡翠想要一探究竟的心情。

他太想知道城主夫人長怎樣了。

先前躲在窗簾後，翡翠趁機把保險箱的密碼背下，他不假思索地轉動數字轉盤，成功地聽見「喀」的一聲。

翡翠摩拳擦掌，準備一睹城主夫人的絕世風華。

畫軸一攤展開，一名紅髮女子登時躍於紙上。

她的脖子上戴著一條似曾相識的項鍊，吊墜部分是一顆橢圓的銀蛋，中心有個鮮紅的愛心，邊緣包裹著精巧的花紋，交錯成浪花形狀。

翡翠從記憶裡翻找了下，發現這條項鍊與碧翠絲戴的很像。

也許碧翠絲身上的那一條，就是屬於她母親的遺物。

翡翠沉默地看著這幅畫，他原本已經做好會見到一位超級大美女的準備，但畫上的女性卻與他所想的天差地遠。

不，也不能說長得醜。

而是……太普通了。

不瘦不胖，體型普通；五官不大不小，長相普通。

照理說，不管一個人長得再如何普通，多多少少還是能找出一些特點。

然而城主夫人不是。

她的普通已經到了讓人一眼看過後便難以記住的程度，倘使把人丟進人群裡，下一刻就會找不到她的存在。

如果這樣才是馥曼城主心目中的第一美人，依照這種詭異的審美觀……也難怪他會認爲其他人全都是醜八怪了啊。

第7章

日光從窗外照入，涼爽的風吹動半掩的窗簾，在地上投下晃動的影子。

這是翡翠他們來到城主府的第二天。

床上的綠髮青年猶在熟睡，枕頭旁邊則睡著一隻巴掌大的白髮小精靈。

豪華娃娃屋和迷你床被瑪瑙視若無物，在他心裡，最舒服的床位只有翡翠身旁或身上。

一大一小依然陷入夢鄉，渾然不知外界狀況。

房內此刻的景象如果讓第三人瞧見了，想必會覺得怪異無比。

縹碧托著臉頰，飄在半空中俯視著翡翠。

一頭黑中帶紅的長髮垂散下來，長袍裹住他的身體，卻有一部分身軀呈現半透明，能夠透過他看見身後牆壁的花紋。

他的眼睛明明就被紅布條覆蓋住，可卻散發出了強烈的凝視感，旁人見了會覺得他正在「看」翡翠。

斯利斐爾端正地坐在翡翠床邊的椅子上，背脊直挺得像是量尺。他神色平淡，對於眼前有個半透明的鬼魂無動於衷，任憑對方徘徊在他們的房間裡。

然而一旦縹碧與翡翠之間距離拉得太近，一把閃爍著寒芒的長劍就會以快得來不及眨眼的速度，出現在縹碧身下。

「可以把劍拿走嗎？這樣的舉動很沒禮貌，我和翡翠明明還差了有半個人高的距離。」縹碧改成在空中盤腿坐，側臉對上斯利斐爾所在的方向。

他是昨晚半夜急急趕來馥曼城主府的，趕到的時候呼叫他的人已經沉沉睡下，只有銀髮紅眼的男人忽地坐起來，毫無波動地看他一眼，又躺了回去，雙手交握置於胸前，宛如一尊最筆直的雕像。

想他堂堂塔靈、大魔法師的珍貴遺產，卻被一名木妖精威脅，偏偏他還不得不低頭。

否則下次他再出現，就只剩下當人形果凍被人嗷嗚吃掉的命運了。

縹碧開始懷疑自己和翡翠訂契約是不是聰明的決定，莫名地總有種自己被坑了一把，可乍看下又找不出問題的感覺。

縹碧在房內飄了一圈，發現留給他的字條，最後決定到城主府四處遊走打發時間，總算是等到了早上。

現在就等翡翠起床而已。

眼看那把利劍依舊沒有要挪開的意思，縹碧只好再往後退，退到那把劍終於滿意收起來了，才停下動作。

「你眞奇怪。」縹碧被迫退到床外範圍，這樣翡翠一睜開眼就不會直擊一名幽靈盤腿坐在他的臉部上方的畫面，「比起我這個靈，爲什麼是你的存在感比我還要薄弱？但又讓人……讓靈，本能地感到……」

縹碧思索一會，找到一個適合的字眼。

「壓迫。」

「那是因爲他機車啊。」一個慢悠悠的聲音幫忙回答。

房內兩人的視線頓時落到床鋪中央。

翡翠先檢查瑪瑙和金蛋的位置，再坐起身子，伸展了一個大大的懶腰。

聽見翡翠聲音的瑪瑙也無意識地揉揉眼睛，隨後跟著打呵欠起床。

「機車？那是什麼？聽起來是一種交通工具。」縹碧從「車」這個字來判斷，「我在塔裡睡了兩百多年，看樣子還是得趕緊再補充一些新知識才行。」

「不是車子的一種。在我家鄉，是等於難搞麻煩……還可以衍生出更多意思。像是意見多、毛病多、龜毛囉嗦、尖酸刻薄，噢對了，我都是在說斯利斐爾沒錯。」翡翠頂著亂髮，邊打呵欠邊和瑪瑙一塊去刷牙洗臉。

再出來時，又是美貌值閃閃發亮的精靈王。

瑪瑙看到縹碧就板起臉，他討厭這個曾經想跟翡翠睡覺吃飯洗澡的人。

「早安，縹碧，你今天也香香的。老實說我一直覺得縹碧不太好發音，既然你的創造者叫伊利葉，你要不要考慮改個更順口的名字，叫伊比利怎樣？」翡翠看著黑髮少年舔舔嘴唇，心裡想的是伊比利豬美味的肉質。

就算這世界沒有伊比利豬，他還可以靠著這名字睹物思豬，達到促進食欲的效果。

縹碧不知道「伊比利」三個字還有什麼含意，但他本能地想要打個冷顫。就好像重回了他在塔爾初見翡翠，卻被逼問能不能吃、好不好吃、該怎麼吃的恐怖現場。

「縹碧就是我的名字，我認爲沒必要改過。」他果斷地轉移話題，「昨夜我過來時你們都睡了。照你的吩咐，我把城主府繞過一次，但沒有和我類似的存在。」

昨晚確實沒再發生神祕幽靈出沒事件。

「你說的沒有，是指對方躲起來，還是它沒過來？」翡翠想弄明白一點。

「沒過來。假如是躲藏起來，那麼我或多或少還是能察覺到屬於靈的能量波動。」縹碧說。

「了解，那就等對方找上門再說吧。要是它想躲著五天不過來，那也沒辦法了，城主先生總不能說是我們沒能力。」翡翠一彈指，「反正找碎星爲優先。縹碧，你還記得那罐子的具體模樣對吧，主樓裡的那些房間就麻煩你去看看了。」

「聽起來像只有我要工作。」縹碧飄到翡翠面前，臉湊得極近，鼻尖幾乎要貼上對方。

在瑪瑙不滿地朝他揮出小拳頭，以及斯利斐爾的長劍攔阻之前，他飛快往後退，一副溫馴無害的態度。

「怎麼會呢？我是那種只會壓榨底下工具人，自己卻不出力的人嗎？」翡翠嫣然一笑，紫眸染上明亮日光，像凝聚著世上最璀璨的光華，「我當然也有工作。得去散散步，還有和人喝茶才行呢。」

散步，在城主府的領域裡尋找不對勁的地方。

喝茶，和戴面具的女僕們聊是非、聽八卦。

可惜第一個計畫沒什麼實際上的進展。

有霍夫曼的事先吩咐，府裡的僕人也都知道翡翠他們是前來解決鬧鬼問題的冒險獵人，對他們的行動並不會加以攔阻。

翡翠他們先挑了主樓下手。

聽見消息的碧翠絲興沖沖地想要一同參與，卻礙於有鋼琴課要上，她的家庭教師拒絕放行。

雖然無法同行，不過碧翠絲還是指派了自己的貼身侍女，讓柯菈負責陪同在翡翠身邊，有任何需要協助的地方都可以讓她傳達或是幫忙。

刺耳的鋼琴聲從三樓傳下，在開闊的樓梯間迴盪，聽起來像是有人在跟鋼琴打架。

翡翠下意識仰起頭，「你們小姐跟鋼琴有仇嗎？」

「咦？」柯菈一時沒反應過來。

「我是說……」翡翠露出真誠的笑容，「碧翠絲小姐的琴聲充滿個性，非常有個人風格呢。」

「小姐很厲害，什麼都會。」一提起碧翠絲，柯菈就滿心崇拜，「翡翠先生，你們想要先看哪一樓？」

「就從上面看下來好了，麻煩了。」翡翠說。

還沒等他們踏上第一階樓梯，一條人影瞬如鬼魅站在翡翠他們身後。

「要不要吃點心？」甜美得像能滲出蜜的嗓音從面具後發出。

翡翠一扭頭，看見一隻巨大黑兔子……不是，是一個戴著黑兔面具的女僕。對方頭髮盤起，垂落在頸間的髮絲呈現剔透的水藍色。

這個相當有個人特色的頭髮讓翡翠驟然回想起來，是昨天負責送點心的女僕小姐。

「我剛吃飽沒多久。」翡翠看著那些小巧可愛的繽紛馬卡龍，再想想馥曼人的口味，正想拒絕，又聽見對方說：

「是妖精會喜歡的清淡口味。」

「正好是需要來點點心的時候。」翡翠馬上把手伸向一直誘惑他的小東西身上。

路那利彎起了艷麗的微笑，看著翡翠的眼神大膽而灼熱。

只可惜接收到這眼神的是翡翠的後腦勺。

翡翠咬著馬卡龍，手裡再各拿一個，斯利斐爾的手裡也被迫拿了兩個。

瑪瑙自動自發，早替翡翠抱了一個。

「黑兔，妳還有自己的工作要忙吧。」柯菈語氣和善，以路那利的兔子面具作爲代稱，城主府的僕人之間大都是這麼彼此稱呼，「小姐交代過了，這幾位客人就由我負責照顧。」

發現翡翠早就轉過頭，路那利看都不看柯菈一眼，自顧自端著盤子扭身離開。

翡翠沒把這事放在心上，可當他們到了三樓、二樓，然後再折返回一樓，黑兔面具女僕每次都能神出鬼沒地出現。

「請吃蘋果派，剛出爐的，只爲美麗的妖精準備。」

「請喝蜂蜜檸檬水，加了許多冰塊，冰冰涼涼還能驅散熱氣。」

不是送點心端茶水，就是致力於與翡翠有更多接觸。

「啊抱歉，我把水打翻了，我立刻替客人弄乾淨。我想我們可以到沒有其他人的房間，這樣就能確保不會被打擾。」

路那利使出了渾身解數，嗓子甜得像泡過糖蜜，身段柔軟得似乎隨時能貼至翡翠身上。

倘若他的前同事瑞比在這，一定會用力揉揉眼，懷疑自己產生幻覺，再指著路那利的鼻子大叫：

你是誰？你根本不是那個惡毒難搞還嫌所有男人都又髒又臭的路那利！

「黑兔！」柯菈忍無可忍地拔高聲音。

路那利動作頻頻，柯菈再怎麼遲鈍，這下也看出對方別有居心，意圖勾搭翡翠了。

三樓的琴聲瞬間跟著停了下來。

怕打擾到三樓練琴的小姐，柯菈連忙閉上嘴巴，等到琴聲重新響起，她壓低音量，對著路那利說：

「黑兔，妳跟我過來。翡翠先生，不好意思，請等我一下。」

柯菈抓著路那利的手，把人拉到一邊去，眼裡含有怒氣。

「妳在幹什麼？這樣做未免太失禮了吧！」

「爲客人服務有哪裡失禮的？不小心弄濕客人衣服，想辦法幫忙弄乾不也是理所當然的嗎？我哪裡有做錯了？城主不是交代過，要讓客人感覺賓至如歸？」

「妳妳妳……」柯菈被反駁得說不出話來，好半晌才擠出聲音，「這些事由我來做就可以了，小姐是吩咐我，不是吩咐妳。妳……」

「妳腰粗，大腿粗，屁股下垂，手臂有蝴蝶袖，皮膚一看就知道沒常保養。去把自己打理好吧，我不跟醜女說太多話。」路那利沒給柯菈機會把話說完，他用滿是挑剔的目光上下掃視對方全身，最後輕蔑地冷笑一聲，逕自轉頭離去。

柯菈氣得渾身發抖。

她哪裡有那麼差，她最多是……最多是稍微豐腴了一點點點點而已！

城主府能繞的地方都繞了，西館和主樓也來回走過多次，可看起來都沒有異常。

當然，翡翠他們找的異常是有關碎星，而不是那位神祕幽靈。

這部分就只能冀望縹碧那邊能帶回什麼新發現了。

至於第二個計畫，在執行過程中稍微出了點變化。

翡翠本想請柯菈幫他找幾位女僕，碰巧碧翠絲鋼琴課結束，來尋找她的貼身侍女。一聽見翡翠的要求，碧翠絲主動拍拍胸口，「喝茶嗎？我最喜歡了。翡翠先生我陪你們一起喝茶吧，昨天都沒機會跟你好好聊一聊呢。柯菈，妳先去幫我收拾一下琴房裡的東西。」

柯菈原先以爲自己能隨侍在身邊，聽見碧翠絲的吩咐還愣了一下，但她很快藏起眼裡的情緒，依言前往主樓裡的琴房。

另外幾名面具女僕很快在花園裡整理出喝下午茶的場地，她們訓練有素地將東西一一擺上桌子，便在碧翠絲的示意下離開此處，留出一個適合談話的空間。

淺綠色的餐巾鋪在圓桌上，紋路精美的銀色三層架擺著鹹食和甜點。剛出爐的點心猶冒著淡淡煙氣，香味傳開，勾得人食指大動。

最底層是切得小巧、讓人可以方便拿取的長條形三明治；中間是金黃色的司康，旁邊附著藍莓醬及奶油；最上方則是繽紛的水果塔和馬卡龍。

碧翠絲替自己與翡翠他們各倒了一杯熱紅茶，見到翡翠猶豫的神色，她露齒一笑，「別擔心，我特地交代過了，下午茶不能做成馥曼口味。」

翡翠鬆了一口氣，放心地伸手拿起一塊三明治。麵包裡夾著起司和火腿，還有煎得極薄的蛋片，比較讓人意外的是裡頭塗抹著花生醬，卻又不會和鹹食產生味道上的衝突，反而把起司和火腿的鹹味都提升出更細膩的風味。

「昨天來不及和翡翠先生你們好好聊一聊，聽說你們已經與撞鬼的僕人都談過話了，現在就剩我還沒被問過。」碧翠絲俏皮一笑，「這樣我好像是壓軸呢。」

「那麼，就請壓軸的碧翠絲小姐告訴我們那天的經過了。」翡翠鼓勵地說道。

碧翠絲吐出一口氣，「身為壓軸，我有件事必須向你們坦承，翡翠先生。但我希望在我說出之前，你們能夠先答應我，別把這事告訴我爸爸。不是什麼大事，但就是……須要你們隱瞞，別說出去。」

碧翠絲的口吻一反原先的輕鬆，轉為鄭重其事。

「好。」翡翠有些驚訝，但還是一口應允。

「太好了。」得到承諾的碧翠絲以肉眼可見的速度放鬆下來，臉上的微笑也變得更真誠，「我要坦承的是……其實我並沒有撞鬼。」

「咦？」翡翠一愣。

「我沒有見到鬼，或是聽見小孩子哭聲。」碧翠絲紅了臉，難爲情地說，「我是騙我爸爸的。」

「妳說沒有？」翡翠沒忘記對碧翠絲的保證，即使在錯愕之餘也還記得壓低音量，「但是……」

「但是我爸爸，還有其他人，還有柯菈，都說我遇到了對不對？」碧翠絲知道翡翠想問什麼，她傾身向前，說著悄悄話，「柯菈是聽我的吩咐才這麼說的，實際上那一天碰見鬼的……是柯菈。」

「柯菈？碧翠絲，這究竟是怎麼回事？」翡翠臉上難掩訝異。

「爸爸不太相信世上有幽靈的。他總是說，如果眞的有鬼，爲什麼媽媽都不曾回來看我們一眼……」碧翠絲垂著眼，無意識地以小湯匙攪動紅茶，「所以前幾天西館鬧鬼的事，他也沒有放在心上，而是認定大家不過是作了惡夢。然後，就輪到柯菈了。」

翡翠專心聆聽碧翠絲的述說。

和其他人碰見的狀況差不多，柯菈也是在睡夢中聽見了啜泣聲。那聲音離她耳邊很近，近得就像有一名孩童待在她房裡落淚。

她立即被驚醒了，第一時間就先張開眼睛查看。

由於她睡覺時習慣不關燈，才能迅速掌握住情況。

她沒有看見自己以外的人，窗戶是鎖上的，門雖然沒鎖，但依舊關緊緊的。況且在這麼短的時間內，就算有人入侵也絕對不可能來得及跑出去。

傻愣片刻後，她才猛然意會過來，自己該不會是和西館的那些人一樣……

撞鬼了？

隨著柯菈醒悟到自己身上發生什麼事，頓時全身如同浸泡在冰水裡。驚惶打碎了她的理智，她腦中一片混亂，只記得往房外衝，連帶也驚動到就睡在隔壁的碧翠絲。

碧翠絲抱著瑟瑟發抖的柯菈，從對方口中聽見斷續的幾個字眼，鬼、哭聲。當她看到聽見動靜、以爲自己出事而衝上樓的霍夫曼，內心果斷有了一個主意。

碧翠絲暗中大力捏了自己一把，把眼淚逼出來，營造出飽受驚嚇的模樣。她將撞鬼的事情攬到自個兒身上，成爲了新一名受害人。

碧翠絲很清楚，唯有這麼做，她的父親才會真正重視起這一連串鬧鬼事件。

「不好意思，給了你們錯誤的資訊。」碧翠絲雙手合十，向翡翠他們賠不是，「你們也別怪柯菈，是我交代她對外一定要這麼說的。不然被我爸爸知道實情，柯菈可能會受罰的，嚴重一點或許會被趕出去。」

想到這個最糟的可能性，碧翠絲也失去吃點心的胃口。她放下馬卡龍，忍不住哀聲嘆氣起來。

「柯菈如果被趕出去，她在這裡人生地不熟的……該怎麼辦才好啊……」

「柯菈不是當地人嗎？」

「不是啊。」碧翠絲納悶地看向翡翠，似乎不懂他怎麼會有這樣的認知，「柯菈不是馥曼人，她是外地來的。」

「她是什麼時候進來城主府工作？」

「我想想，一個多月前吧。那時候城裡已經展開籌備慶典的事前工作，她來的時候正好幫了我們家一個大忙，不然人手眞的要不足了。對了，她跟翡翠你們一樣，也吃不慣我們馥曼的食物，我就是受她影響才開始吃清淡一些。柯菈說了，吃太多糖會影響健康，還很容易胖，我的腰跟大腿都變粗了，眞希望能趕快瘦下去。」

聽著碧翠絲愁眉苦臉地煩惱自己的體重，翡翠喝了一口茶，眼睫垂下，掩去那一瞬的若有所思。

翡翠記得很清楚，不久前，那名戴著漩渦面具的女僕才親口跟他說：

她是土生土長的馥曼人。

柯菈爲什麼要說謊？

翡翠沒有當著碧翠絲的面前提起，也不打算深究下去，那跟他們此行的目的毫無關係。

第二天的探問工作結束，翡翠把自己扔到了柔軟的床鋪上，摸摸金蛋和瑪瑙，在瑪瑙的晚安吻中進入了夢鄉。

黑夜籠罩在馥曼城主府上，無論是西館或主樓都已熄滅燈火，兩棟建物都被寂靜包圍著。

如果持續下去，想必會是安然無事的一夜。

然而尖叫聲卻在無預警間打破了平靜，讓西館一下子陷入騷動。

睡得淺的僕人反射性起身查看，開門聲此起彼落地響起。

就算是隔著關起的木板門，翡翠他們的房間裡也能聽見外邊傳來的動靜，腳步聲和詢問聲交織一塊，成了混亂的節奏。

床上的綠髮青年和他心口處的迷你白髮小人仍是好夢正酣。

縹碧幾乎無言以對，他轉頭看向另一張床上的斯利斐爾，「我的新主人不是應該第一時間跳起來幫忙抓鬼嗎？妖精的靈敏和警覺性呢？」

斯利斐爾看都沒看縹碧一眼，他站在翡翠床邊，語氣沒有一絲起伏，「您的鬆餅要被吃光了。」

「什麼？誰！誰敢動我的絕世美鬆餅！」翡翠猛地張開眼睛，射出的目光銳利如刀，紫眸裡找不到半點睡意和迷濛。

翡翠一對上斯利斐爾的臉，提起的心頓時放下。他的絕世美鬆餅還在，沒被人搶走。

「您該起床工作了。」斯利斐爾說，「那東西出現了。」

「那東西？什麼東西？」翡翠剛被人強行從睡夢中叫醒，腦子只有在面對食物時能高速運轉，聽見斯利斐爾的話，一時還沒反應過來。

然後他就看到半透明的縹碧。

「鬼出現了嗎？」翡翠一拍額頭，輕巧地撈起緊趴在他胸前的瑪瑙，把他放進包包裡，「縹碧去追蹤，有發現不是人的存在就跟我回報。」

「不限靈嗎？」

「不限。」翡翠揹好包包，扭頭再做確認，「有辦法嗎？不行的話就先說，我也不會嘲笑你不行的，頂多是大聲笑。」

縹碧的微笑抿成直線。短短的相處已經足夠讓他意識到，和這位新主人多說幾句，先氣死的往往會是自己。

……雖然自己早就死了。

翡翠沒興趣多理會玻璃心的塔靈，工作分派下去，他也趕緊跑出房間，看到有人就直接抓過來追問。

「誰出事了？房間在哪裡？」

「好像是樓上的……」那人臉色發白，遲疑地回答。

翡翠三步併作兩步地往樓上跑。

這層樓的動靜更大，更多人驚慌失措地跑到走廊上，圍著一個房間面面相覷，卻似乎沒人有勇氣進去。

有人眼尖，發現到翡翠和斯利斐爾，「是翡翠先生他們，是冒險獵人來了！」

「怎麼回事？那是誰的房間？對方人呢？」翡翠的到來讓眾人下意識往旁退開，將大門前的最好位置讓給他們。

「是布萊滋。」一人說，「廚房的布萊滋。我在他隔壁，被他的尖叫聲嚇醒，他叫得像是見到自己煮好的濃湯裡被泡了十隻老鼠一樣。」

翡翠的臉色差點也要跟著一白，這描述太有畫面感了，對降低食欲有驚人的效果。

「他人還在房間裡對吧，他房裡有誰跑出來嗎？」翡翠確認，見周遭的人點頭再搖頭，他立即轉動門把。

房門是上鎖的。

「這門的厚度，您可能要踹上好一陣子，才有辦法踹開。」斯利斐爾平靜地提出分析。

翡翠用行動表示，他不踹門，他直接跟西館的管理人拿鑰匙。

這一來一往間並沒花去太多時間。

翡翠粗略估算，從事發到現在，大概過了三分鐘左右。要是讓布萊滋受到驚嚇的凶手是個人，那麼對方有極大可能仍待在裡面。

如果不是人，他們這一方可是有縹碧。

翡翠一進布萊滋的房間，身後的斯利斐爾就把門關上，隔絕了外面的打探。假如房內眞有入侵者，也斷了他的一條出路。

翡翠一眼就看見那位可憐的布萊滋。

膚色偏黑的少年躺在床上動也不動，像是睡著了。不過從其他人剛才說的推測，更明顯是被嚇昏了。

斯利斐爾走到窗邊查看，窗戶從裡頭上鎖，沒有被撬開過的痕跡。

房間不大，能夠躲人的地方頂多是衣櫃和狹窄的個人浴室，但兩處皆空無一人。

不管怎麼看，房裡都不像有被外人入侵過的跡象。

翡翠揪住布萊滋的衣領，沒有多花時間在言語上，乾脆俐落地就是兩個巴掌落在那偏黑的臉頰上。

別看精靈外形纖細精緻，彷如夢幻的泡泡一戳就破，可實際上體能和力氣都優於常人。

兩巴掌下去，布萊滋就痛醒了。

他眼裡充斥著驚慌失措，似乎還沉浸在撞見恐怖東西的害怕中，驟然見到自己面前站著一個人，尖叫險些又要竄出喉嚨。

斯利斐爾迅速把隨手抓到的一團布堵進布萊滋口中。

布萊滋眼睛瞪大，嘴裡發出嗚嗚嗚的聲音。假如不是他發現了房內多出的兩人正是城主請來的冒險獵人，他恐怕要以為自己落入了暴徒手上。

「在下討厭噪音。」斯利斐爾的眼珠像切割最完美的寶石，清晰地倒映出布萊滋畏懼的臉。他脫下了白手套，又拿出新的一副戴上。

「潔癖男。」翡翠見怪不怪，他笑咪咪地放開布萊滋，「布萊滋，你自己把嘴裡的東西拿出來，然後我問什麼，你誠實地告訴我就行了。你是作惡夢，還是看到不尋常的東西？」

「我……我看到像鮮血一樣的眼睛！」布萊滋像要將今夜受到的驚嚇一股腦吐露出來，反倒被自己的口水嗆到，咳到黝黑的臉皮都漲上一層紅色，「它跳上我的床，說、說不是我，也不是這個……」

「鮮血一樣的眼睛？」翡翠被勾起了興致，這還是他頭一回從受害者口中得到了不同以往的情報。

也就是說，那個東西是紅眼睛。

「應該……應該是吧。我晚上喝了點茶，沒像平常很快就睡死，我是半睡半醒間，感到有人在摸我的頭髮。我本來以為、以為……」

「以為什麼？」

布萊滋眼神飄移，臉皮漲得更紅，音量也變小，「以為是凱洛琳……她是這裡的女僕，我剛和她交往，有給她我房間的鑰匙。」

翡翠理解了，看樣子這對小情侶曾在三更半夜裡偷偷幽會。

「但後來，我聽到說話聲。那聲音就跟小孩子一樣，根本不可能是凱洛琳，我急忙睜開眼……」回想起昏迷前的遭遇，布萊滋臉上的血色盡數褪下，「就跟一雙紅眼睛對個正著。我、我忍不住尖叫，然後那個紅眼睛的怪物就消失了。我想趕緊跑出去，但不知道爲什麼，突然就失去意識。」

「你不是被嚇暈過去的？」翡翠驚訝地問。

「才不是！我雖然被嚇到尖叫，但也不至於……不至於那麼容易就昏過去。」布萊滋的臉又漲紅了，這次是被氣紅的，年輕人總是不喜歡自己被看低。

問出了布萊滋所有知道的事情後，翡翠終於停止壓榨，若有所思地打量房間一圈。

如果是鬼，那麼此刻大概也已跑到外面。

如果不是鬼，門窗都關著的情況下，就算有翅膀，也沒辦法鑽出去。

綜合之前受害者的說法，凶手有以下特徵。

矮小的黑影、紅眼睛、聲音像小孩子、在尋找某個人。

那些大得能藏起一個人的衣櫃和廁所，都已經被確認過，那麼……

翡翠的視線落在了被床單遮住的床底下，一個念頭在他心中形成。

「布萊滋，今晚你先和別人擠一擠吧。記得跟其他人說，晚點不管發生什麼事，或是聽到什麼聲音，都待在房間裡，別出來，有問題我們會處理。」

翡翠三言兩語把布萊滋打發出去，自己和斯利斐爾依舊待在房間內。

沒人說話的房裡一片靜默。

翡翠等了一會，忽地刻意加重腳步，往床鋪接近，再忽地掀起了床單。

床下的地板沒瞧見可疑身影。

翡翠放下床單，下一秒再猛地掀開，整個人趴在地上，抬頭往床板位置看——

正好與一雙血紅色的眼睛對個正著。

「啊啊啊啊啊啊啊！」那個全身包得黑漆漆的身影爆發出驚天動地的尖叫。

彷彿有一百個幼稚園小朋友同時放聲哭鬧。

翡翠急忙摀住耳朵往後退，音波攻擊帶來的傷害實在太驚人了。

如果自己的生命指數可以換成遊戲裡常見的血條，那麼現在鐵定是正用瘋狂的速度往下掉。

黑影沒有錯過這個機會，立刻從藏身處衝出來，像條敏捷的黑色閃電，眨眼間便破窗逃出。

玻璃破碎的響亮聲音迴盪在房間裡。

翡翠一抬頭，看見的就是黑影縱身往下跳。

☆鬱金的眼鏡☆

馥曼分部負責人之一。
特殊能力為占卜，極重儀式感。
他的眼鏡，據說可增加0.2%的準確率？

第8章

西館陷入了騷亂，更多的人被冷不防響起的稚童尖叫聲嚇醒。

他們忍不住想跑出房間，弄清楚發生什麼事，但又記著翡翠的交代，只能強行壓下種種不安和好奇。

這一晚對西館的人來說，註定是個難以安眠之夜。

主樓那邊沒察覺到西館的動靜。

兩棟建物隔了一段距離，加上無人前去通報，因此霍夫曼等人依舊沉浸在睡夢之中。

從布萊滋房間逃脫出的黑影可不在乎這些。它驚慌失措地一心往外逃，不忘把臉上的黑面罩拉得更緊，就怕半途脫落，這樣它的真面目就會完全暴露出來了。

從窗戶一躍而下後，它直直地摔落在堅硬的地面上。

本該會對生物造成傷害的衝擊力道，在它身上絲毫沒發揮作用。它靈巧地在地上翻滾一圈直接快速爬起，繼續拔腿衝刺。

黑影一開始是慌不擇路地跑，等到它跑到了後花園才猛然煞住腳步，本來亂成一團漿糊的腦子也終於恢復清明。

等等，爲什麼它要跑？它不跑其實也沒關係的啊。

「笨笨笨笨，笨死了！」它用力敲著腦袋，連忙轉過身，想回到自己的房間。它渾然沒察覺到，自己的上方有一抹半透明人影飄浮著。

縹碧雙手抱胸，居高臨下地看著這個主動跑到他眼皮底下的，古怪東西。

在他眼中看來，黑影確實是古怪萬分。

戴著黑頭套，穿著黑衣服，個子大約只到一般人的小腿高，然而身上不但沒有活物的氣息，也沒有屬於靈的氣味。

這到底是什麼玩意？

縹碧安靜地跟在黑影身後，聽見它發出了抱怨，聲音就像三、四歲的稚齡孩童，尖尖細細，還有點奶聲奶氣。

看樣子，這東西就是翡翠他們在找的吧。

縹碧不疾不徐地跟在黑影後頭。

只要他願意，他可以徹底隱身，也可以把自己展現在別人的視野中。

他個人比較喜歡出其不意地現身，再讓對方注意到自己還是半透明的，那些人的表情通常能帶給他娛樂。

沒錯，就像那時候的那群人一樣。

那群替自己取了「噬心者」這可笑稱號的魔法師。

縹碧的記憶沒有爲那群人留下太大的空間，他在自己大腦裡翻了翻，才終於找出更具體的畫面。

從縹碧之塔裡正式甦醒過來後，他先殺了那個叫蓋恩的。想對妖精動手的可不是好傢伙，更何況對方想下手的還是他已經相中的未來主人。

既然如此，就先替未來主人清理一下垃圾吧。

跟著那隻要回去通風報信的傳音蟲，縹碧輕鬆找到了蓋恩同伴的根據地，欣賞完一群魔法師飽受驚嚇的誇張表情，他不客氣地動手了。

那群魔法師的資質還算可以，但縹碧可是伊利葉留下的遺產。

身爲那位傳說魔法師的創造物，雖然一對多花了他不少工夫，不過還是差不多達成了他的目標。

差不多。

意思就是沒有到達完美。

有另一方人馬突然出現，縹碧並不想在公眾下暴露自己的存在，只好遺憾地收了手，把殘局扔給那些人。

縹碧不打算把這件事告訴翡翠，這樣只會讓新主人知道他做事不夠完美、有瑕疵，說不定還會認爲他是個有缺陷的遺產。

這可不行。

事關自己的名聲，縹碧決定盡所能地把這段過去搗得密密實實。

發現到小個子黑影是朝著西館方向奔跑，最後還偷偷摸摸地溜進了西館裡，縹碧的眉毛微微挑動。

該不會，這東西一直就躲在西館裡？

它是怎麼躲過自己昨夜的搜查？難道它有辦法……不對。

存在。

縹碧發現自己落入一個盲點了，昨夜翡翠是要他找出靈，他自然沒多留意靈以外的存在。

所以不是自己的行動不完美，而是翡翠的命令不完美。

縹碧滿意地做出結論，然後伸出手，迅雷不及掩耳地從後一把拎起了黑影。在對方發出尖叫的前一秒，他飛速移到建築物外，同時尋找著翡翠的行蹤。

他們彼此間簽了契約，照理說，應該能立刻感應到翡翠的存在。但縹碧總覺得腦海裡像有一層薄霧籠著，好一會才總算散去，露出了翡翠的位置。

在後花園。

縹碧雖然是靈體，但忍不住也想嘆口氣了，怎麼又得回到那裡了。

黑影因爲這一連串突來的變故而呆住了，就連尖叫聲都卡在喉嚨裡，忘記發出來。它呆然地仰高頭，看見抓著自己的是名黑髮少年，雙眼還被紅布條蒙住。

少年皮膚細膩，像最高級的瓷器，沒有被遮住的五官格外俊麗。換作平常，黑影可能會看得眼冒愛心。

可它偏偏還看見了少年的臉是半透明的，透明到可以清楚見到臉後的西館輪廓……

寒意一股腦衝上，讓黑影的每根毛都豎立起來，「放開我！放開本小姐！救命！有鬼，有……」

縹碧可不希望它的大呼小叫又引來一波騷動，他迅速掩住黑影的嘴巴，把它的聲音全堵了回去，一邊朝著後花園接近。

翡翠和斯利斐爾是跟著黑影一塊跳窗追下來的，可惜對方動作實在太過敏捷狡猾，好幾次差點追丟。

一路追到了後花園，追蹤的困難度頓時提高許多。

茂密的植物遮掩交錯，加上陰影，想找到那道矮小黑影顯然不是易事。

「有看到那傢伙嗎？」翡翠將日核礦綁在雙生杖頂端，充當長柄手電筒，專門往角落縫隙伸進去。

「沒有。」斯利斐爾沉穩地跟在翡翠身後，沒有要幫忙一同尋找的意思，像尊華而無用的擺設。

「知道它會藏在哪裡嗎？」

「不知道。」

「你可以讓我咬一口嗎？」

「您作夢去吧。」

「嘖，還以爲能讓你下意識回答出肯定答案呢。」翡翠彈了下舌尖。手電筒照半天也沒找到可疑身影，他乾脆全神貫注，側耳聆聽周遭一切動靜，試圖從中辨認出異常的聲音。

精靈族的耳力可不是蓋的。

但前提是要有聲音。

翡翠認眞聽半天，只聽到自己肚子咕嚕咕嚕叫的聲響，提醒他吃宵夜的時間到了。

翡翠摸摸肚子，正想趁斯利斐爾沒注意之際，撲上前咬他一口，當作是望梅止渴。

斯利斐爾幾乎是本能地察覺到危險，他飛快轉身，長臂一伸就抵住翡翠前額，旋即他驀然抬頭。

「怎麼了？」翡翠也想扭過頭，但礙於姿勢不太方便，「有東西嗎？」

一道聲音落下，解開了翡翠的疑惑。

「主人，你在做什麼？」縹碧從高處望下來，只覺花園裡的這兩人，動作怎麼看怎麼怪異。

翡翠拍開斯利斐爾的手，終於能轉過頭，他一眼就看見縹碧手裡抓的黑漆漆身影。縹碧輕飄飄落地，腳尖距離地面還有些許距離。他將手裡的獵物交給翡翠，卻沒想到沿路上安分不動的獵物會在這瞬間猛力掙動。

它發揮出驚人的爆發力，猛然從縹碧手中脫逃出去。

「斯利斐爾，抓住它！」翡翠可不想在半夜的後花園裡追著一坨黑壓壓的東西跑，考驗精靈的視力也不是這種考驗法。

黑影很確定自己在逃跑時有眼觀四面、耳聽八方，也確定過自己前方無人阻擋。然而就在下一秒，一道人影無聲無息地矗立在它的正前方，好似一開始就站在那，等著它自動送上門來。

怎麼可能？它明明確認過了！

黑影震驚萬分，煞車不及，只能重重地撞上了對方的小腿，當下眼冒金星，一屁股往後跌坐。

「忽然想到守株待兔這句成語呢。」翡翠摸摸下巴。

斯利斐爾只肯用兩隻手指拎起地上的那坨黑影，頭套跟著被拉長，最後「啪」的一聲，從黑影腦袋上脫離。

翡翠的雙生杖立即往前伸，綁在上頭的日核礦清楚一照。

失去頭套的遮掩，光芒中赫然是一隻穿著華麗黑色小裙子、身上縫線亂七八糟、頭上別了一個蝴蝶結的兔子玩偶。

還眞的守到一隻兔子，翡翠摸摸下巴。

還是一隻挺熟悉的兔子。

「別抓我！」思賓瑟雙臂擋著臉，驚聲尖叫，「我只是一隻無辜善良又楚楚可憐的兔子，除了暗殺咒殺謀殺之外，我從來都沒有做過任何壞事的！兔兔那麼可愛，你們不能對兔兔痛下毒手！你們不能把我的手腳拔斷，把我的肚子扯開，把我的內臟拿出來撒在地上，然後冷酷無情地把它們踩扁！」

「用踩的太浪費了，我更喜歡把兔子內臟拿來做成內臟派。」翡翠只從那一串喋喋不休裡聽到了他感興趣的部分。

「您的大腦想必又沒帶身上，它沒有內臟。」斯利斐爾扔開頭套。

重點是在內臟上面嗎？縹碧發覺自己不能理解他們的思考迴路。和他們相比，自己這個非人類似乎才是最正常、最有理智的。

「沒想到會在這裡見到妳，思賓瑟。」翡翠似乎也意識到現在不是討論內臟派的好時機，他朝有一陣子不見的兔子玩偶打招呼，「所以，妳就是城主府鬧鬼事件中的……鬼？」

「誰是鬼？有那麼柔弱惹人憐愛的鬼嗎？不對、不對！」

思賓瑟反射性回嘴，接著它從驚愕中緩過來，大大的腳掌激動地踩踏著地面。

「是翡翠！翡翠翠翠翠翠，真的是你啊翡翠！我還以爲剛剛在床底下看見的只是錯覺呢。突然那麼大的一張臉靠近，真是嚇死本兔兔了，小心臟差點跳出來……我好像沒心臟耶！」

幸好翡翠他們此刻是待在後花園，稍大的音量也不會驚動到主樓或是西館的人。

「我知道我們彼此間有很多問題想問，不過還是先回我們房間再說吧。」翡翠看看周圍，覺得這裡實在不是聊天的好地方，待久了可能還會引來蚊子大軍。

「等等，我有東西先給你。還好我都隨身帶在身上，我眞是未卜先知的厲害兔子。」思賓瑟從自己的小裙子底下掏出一本書，「這是桑回上次要我拿給你的，還有一本是這次要給你的。總之有兩本書，但一本我還沒看完，所以先給你這本啦。」

「爲什麼桑回不自己拿給我？」翡翠納悶地問。

「因爲桑回說，他看到你就會頭暈冒冷汗貧血，說不定還會不小心昏倒。眞讓兔不解，你的美貌會帶來這麼多副作用嗎？本兔子也是貌美如花，他怎麼看到我就不昏倒？」思賓瑟摸摸自己的小臉蛋。

「不，肯定是我人格魅力太強，強到讓身體虛弱的他無法抵抗。」翡翠嚴正地說。

斯利斐爾冷笑，拆穿眞相，「他只是怕您吃了他。」

翡翠沒理會斯利斐爾，他低頭看著書上的《霸道帝王的一夜七次，情歌》，不由得陷入了短暫沉默。

他懷疑這書名在開黃腔，但他沒有具體證據。

爲了避免被人追問不休，翡翠他們回到西館時是避開他人耳目的。

一行人，嚴格說起來也只有兩個人，另外兩個一是幽靈，一是兔子玩偶。

思賓瑟見到翡翠的熱情消退後，立刻就把注意力投向縹碧。

它忍不住朝縹碧身上戳戳戳，驚歎地嚷，「戳進去了，真的戳進去了，真的是鬼耶！翡翠為什麼你們身邊會有一隻鬼？你們做了對不起他的事情，所以他來復仇，要你們血債血還嗎？」

「真血腥。」縹碧發出嫌棄的彈舌聲，「妳一隻兔子的腦袋裡都裝些什麼？」

「棉花啊。」

「肯定是髒兮兮的棉花。」縹碧矜慢地說，「才會讓妳的智商都不夠用。別用『鬼』這個字稱呼我，我是靈，是和主人簽訂契約、合法待在他身邊的靈。我擁有常人一輩子難以企及的知識……」

「那你知道明天的午餐會吃什麼嗎？」思賓瑟好奇地說。

縹碧閉上嘴巴，不想跟一隻只在意世俗之物的兔子說話，太有損他的格調了。

思賓瑟蹦蹦跳跳地跟在翡翠旁邊，「翡翠、翡翠，昨天路那利就跟我提到你來了。兔兔我啊，本來還想找個適合的時間，打扮得美美的，邀你一起參加淑女限定的夢幻下午茶。」

「我性別男，就不參加妳那個茶會了。」翡翠隨口回道，緊接著他上樓梯的步伐一頓。

思賓瑟往上蹦了兩階，才發現到身邊人不見了，它納悶地回過頭，「怎麼了？」

「主人，怎麼了？」縹碧也想知道。

「別叫我主人了，縹碧你直接喊我翡翠。」現在聽見「主人」兩字，翡翠都會想到「智障」，他們這個小團隊裡有一人這麼喊他就很足夠了，「思賓瑟，妳剛剛是不是提到某個名字？」

「嗯嗯，路那利。」思賓瑟的腦袋歪了一下，「路邊野草的路，那裡有隻好可愛兔子的那，利是跟好厲害的厲完全沒關係的另外一個利。是本兔子的搭檔，男的、公的、雄的。」

翡翠險些被那一串介紹繞暈了。

「不是露娜莉？」斯利斐爾恐怕是現場唯一知道翡翠在想什麼的人了，他面無表情地在虛空中寫下自己說的三個字。

「不是不是，本兔兔剛才的介紹有哪裡聽不懂嗎？我說的可是路那利，我都用了簡單易懂、連三歲小孩都能理解的說明耶，你們是笨蛋嗎？」

「妳再多廢話一句，在下會把妳的腦袋和手腳扯掉，讓妳成爲一顆蛋。」斯利斐爾抬腳往上。

被逼近的思賓瑟「咿」了一聲，用最快速度躲到翡翠身邊，「有人要殺兔，要殺兔了！」

「思賓瑟，要是妳把屋子裡的任何一個人引出來，就換我殺兔了喔。妳喜歡清蒸、爆炒，還是乾煎？」翡翠輕鬆地拎住無防備的兔子玩偶，繼續往他們房間的方向走。

「翡翠，你們說的露娜利和那隻兔子說的路那利又是誰？」縹碧跟在翡翠後方，「不可能是比我還要優秀完美的靈吧。對方有辦法陪吃、陪睡、陪說話、陪洗澡嗎？」

「謝謝，這些斯利斐爾都會了。」翡翠對這些重複功能不感興趣。

「不，在下不會。」斯利斐爾冷淡地說。

「對呀，翡翠，你說的露娜莉又是誰？」要一隻活潑的美少兔不說話是不可能的，思賓瑟寧願冒著被清蒸、爆炒和乾煎的危險，也想要得知眞相。

「簡單來說，她想把我做成標本收藏，所以我砸了她的頭，又在她胸口上捅了一個洞，還順便搶走她的東西。」翡翠把他和露娜莉之間的過節濃縮成幾句話。

「好驚兔的……愛恨情仇。」思賓瑟被震驚得兔子耳朵都伸直了，「桑回要是在的話，一定有辦法把這寫成相愛相殺、虐身虐心，我虐你千百遍、你待我如初戀的悲壯愛情故事。糟了，這麼一說，兔兔我好想看，超級想看的！」

翡翠才不想看，他打開自己的房間門，迎面而來的不是預期中的一片黑暗，而是燈光大亮。

溫和不刺眼的燈光之下，站著一名如妖艷玫瑰的藍髮少女。

翡翠手裡抓的兔子玩偶掉到地板上。

那張臉他還記得清清楚楚。

水之魔女．露娜莉。

曾經被他在左胸開洞的苦主突然出現在他房裡，他該如何是好？

這個問題在翡翠的腦海跑了一圈，很快就生成出另一個更重要的新問題。

「露娜莉，妳不是死了嗎？」翡翠一腳踢上門，反應極快地抽出雙生杖。小巧的木杖霎時化成鋒利長槍，槍尖直指著那位大半夜待在他房裡的不速之客。

「她是活的，我可以保證。」縹碧不用特別靠近，就能嗅到那人身上一股活人氣味。

翡翠見到路那利是大感震愕，路那利見到翡翠亦是情緒激昂。眼中的喜悅剛亮起，卻在見到斯利斐爾和縹碧之際，霍地化爲翻滾的晦暗。

男人，還是兩個。

路那利的手指神經質地抽動幾下。

這裡畢竟不是他的大宅，那種專屬自己的領地被玷污的感覺沒那麼強烈。對同性的厭惡雖然不斷飆升，卻也不至於干擾到他的理智。

路那利蜷起的手指伸開，對翡翠展露笑靨，「好久不見，我的小蝴蝶，你還是一樣美麗。你的美貌比我收藏的寶石還要璀璨迷人，讓人看了眞想……」

翡翠一點也不想知道「眞想」後面會接什麼聳人聽聞的動詞。

「咦咦咦咦咦？」思賓瑟渾然沒發覺到雙方間的暗潮洶湧，它驚訝地跑到翡翠和路那利中間，不停地來回望著兩人，「路那利和露娜莉，是同一個人？」

「思賓瑟，妳不是說妳的搭檔是男的？」翡翠也有疑問想問。

「對呀，喜歡穿漂亮小裙子的男孩子。」思賓瑟轉了一個圈圈，讓自己的黑色裙襬轉出弧度，「和兔兔公主一樣，都有顆熱愛裙子的心呢。」

「所以，你是男的？」翡翠沒有放下長槍，他可沒忘記面前的人曾一心一意想把他當標本，「今天一直想往我身上製造意外的那位女僕，就是你？」

「是我。」路那利主動釋放善意，他舉起雙手，表明自己沒有要和他們起衝突的意思，「小蝴蝶，我從沒說過我是女的。」

翡翠回想起在克爾克城的那一日，發現路那利說的沒錯。

只因爲他穿著女裝、認爲漂亮的女孩子是世界上的瑰寶，又熱衷替女孩們妝扮，才讓人先入爲主地錯判了他的性別。

「太大意了……」翡翠輕吁一口氣。他自己包著斗篷都容易被認成女的了，在當初見到路那利時，怎麼就沒往這個方向想。

「啊，我懂了，是你的錯，斯利斐爾。」翡翠馬上把矛頭轉向眞神代理人。

「在下無法理解您的怪罪從何而來，您在做的叫推卸責任。」斯利斐爾冷漠以對。

「你那時候說路那利是魔女，我才會下意識認為他是女的。」

「在下也說過，魔女這稱呼不限女性，是您沒帶腦子。那是好東西，在下由衷希望您天天都擁有。」

混亂過後，眾人總算平靜地各自落坐。

除了縹碧之外。

髮梢令人想到火焰的少年轉動臉龐，像在看著房內的其他人，最後在心裡得到了一個結論。

不管是咒殺玩偶或是魔女，他都沒太大的興趣。

既然已經得知新出場的一人一兔不會妨礙到他的地位，那麼他也沒必要把時間浪費在這。

「我去街上晃晃吧。來的時候太趕了，沒機會好好見識一下馥曼的景色，半夜的馥曼城想必也別有風情。」縹碧的身形轉淡，消失在眾人面前。

翡翠看了看房裡的兩位客人，覺得此刻似乎還缺少了什麼。

啊，沒錯。

是茶跟鬆餅，而且還要限定淋滿熱呼呼糖漿的厚鬆餅！

翡翠在意識裡將這份渴求喊得特別大聲，紫眸還大膽地直視向斯利斐爾。

被深情凝望的斯利斐爾視而不見。

「思賓瑟，我跟妳換個位子。」路那利坐在對面只覺這一幕礙眼無比。

「好麻煩喔，你比兔子還麻煩啊，搭檔。」思賓瑟唸唸有詞，仍是從翡翠和斯利斐爾中間跳了下來。

翡翠眼明手快地把自己的背包放到那個空位，笑容滿面地看著路那利只能坐回原位。

「有件事，我得先問清楚。」翡翠還是微笑，可眼裡沒有半點笑意，「爲什麼路那利會出現在這裡？」

「路那利是本兔子的搭檔呀。」思賓瑟擔心地望著翡翠，「你失憶了？你的腦袋需要棉花嗎？」

「我是說……」沒有鬆餅可以吃，翡翠找出昨日那對小兄妹贈送的糖果花——感謝眞神，它很甜，但還不到能殺人的地步。他撕下了外面包裝，用力地咬下一口，糖塊碎裂的聲音大得讓旁人都能聽見，「爲什麼會出現在我的房間裡？在三、更、半、夜的時候。」

「咦咦咦？對耶！」思賓瑟後知後覺地察覺到問題所在。

這裡明明就是翡翠的房間。

爲什麼這個時間點，路那利會待在這裡面？難道說……

「你夢遊走錯房間了？」思賓瑟同情地看著自己的搭檔，「兔兔也分點智慧的棉花給你吧。」

「思賓瑟，去找點事情做，可以讓妳閉嘴的那種。」路那利揚起艷麗的微笑，但笑裡滲透出的殺氣如出鞘的刀刃，鋒利得讓思賓瑟打個寒顫。

思賓瑟是隻識時務的兔子，它摸摸不存在的鼻子，一溜煙地跑出了翡翠房間，將空間暫時留給感情似乎牽扯得很複雜的三個人。

好兔兔是不會捲進別人的修羅場的！

第9章

沒了碎唸個不停的兔子玩偶，房內的氣氛似乎又恢復最初的一觸即發。

「我會來翡翠你的房間，原因不是顯而易見的嗎？」路那利的指尖在空中畫個圓，平空冒出的水珠凝成一隻精巧的水蝴蝶，下一瞬就被他牢牢地包握在雙掌中，「當然是為了把睡著的你帶走，讓你成為我的收藏品。別擔心，我已經改變了主意，那只是我原本的計畫而已，你可是我最重要、最重要的小蝴蝶。」

翡翠看著那隻被捏碎的水蝴蝶，覺得這話根本沒半點可信度。

「半夜是很適合下手的時機，你會睡得又甜又沉，不會發現我的到來。」路那利的語氣含著甜膩的柔情蜜意，彷彿他為翡翠訴說的是一首優美的情詩，而不是該扭送到警衛隊的犯罪計畫，「就算你一不小心驚醒過來，我也能用水封住你的嘴巴，讓你悅耳的呼救聲傳不出去，你的手腳也得用水綁住才行呢，免得你掙扎得太過分。」

翡翠可不認為這計畫會有成功的可能性，扣除掉精靈天生的敏銳度，他房間裡又不是只有他一人，「嗯……我忽然發現斯利斐爾說過的某句話很有道理，路那利你該聽聽看。」

「夢裡什麼都有。」斯利斐爾紆尊降貴地對路那利開口。

路那利看向斯利斐爾的眼神猶如淬了毒液，可一轉向翡翠，那陰寒又在剎那間變爲春暖花開。

「我說過了，那是我的原計畫，現在已經被我捨棄了。標本雖然很美妙，但活生生的小蝴蝶顯然更美妙，美妙到……讓我不介意你曾經在我的身上開洞。」路那利塗著綠指甲的手指碰上左胸，「我希望我們能和平地相處，你覺得呢？」

「我覺得……」翡翠拒絕的字眼都準備好了，隨即又聽到路那利慢悠悠地說。

「如果你不願意與我和平共處的話，或許我該跟你索取賠償。僞碎星雖然比不上眞碎星，但價值仍是高得驚人，那可是魔法師人人搶著要的稀有物品。小蝴蝶，我相信你還記得是誰弄壞它的吧。」

「沒問題，我們和平共處吧！」翡翠果斷改口。

能不用付錢的事，當然是先答應再說。

要是路那利之後又動了想把他做標本的念頭，大不了就換他先下手爲強，把這位水之魔女設法卡嚓掉。

「我回來了！本兔兔小姐又回來了！」思賓瑟拎著一個小包袱，像一陣旋風衝進來，帶出的動靜倒是意外地小，顯然也是怕再驚動到西館的其他人，「你們說完了嗎？修羅場結束了嗎？不會再波及到可愛弱小的兔子了嗎？」

「還沒說完。」翡翠直接忽略後面的兩個提問，「思賓瑟，妳和路那利是怎麼湊到一塊的？」

翡翠對這點百思不得其解，當初聽見思賓瑟搭檔的名字，還以爲只是和水之魔女名字同音而已。

沒想到眞的是同一個人。

一邊是常常歇斯底里，還會進入自我妄想世界的兔子。

一邊是彷若有毒食人花，熱衷將美麗少女做成收藏品，性格怎麼看都和扭曲離不了關係的魔女。

這一人一兔居然組成了搭檔。

「嗯嗯嗯。」思賓瑟用短短的手托著下巴，「兔兔我啊，跟桑回到華格那後，就一直想當一個善良、正直，還充滿正義感的冒險獵人，偶爾能兼個職，咒殺一下誰誰誰。但是春麥建議我找個搭檔，畢竟像我這樣一隻美少兔走在路上太危險，隨時有可能因爲太可愛被強行抱回去當玩偶，然後我就和路那利成爲搭檔啦。」

「中間省略太多了，麻煩給個詳細版……算了，也不用太詳細。」翡翠改正自己的用詞，「其實我也不是很想知道。」

「不，我就是偏要說詳細的，我要表現出我的有個性！」思賓瑟的倔強在下一刻敗於路那利召出來的水膜之下。

蔚藍色的液體化成薄片，牢牢地貼在思賓瑟的嘴巴上，短時間內不再讓它嘮叨個沒完沒了。

「我和思賓瑟是在服飾店認識的，後來又碰面，它就死纏爛打找上我組隊了。」路那利笑吟吟地凝視著翡翠，似乎看向別人會讓他覺得髒了眼睛，「雖說是搭檔，但我可不是冒險獵人，我對那種堅持愛與正義的職業沒有絲毫興趣。」

沒辦法說話的思賓瑟跺跺腳，跑到角落去看它帶過來的《邪佞魔物對我笑》。

翡翠也不是非得要打破砂鍋問到底，好奇心一獲得基本的滿足，他就沒興趣再深問下去了。

反正兔子跟魔女要是有什麼愛恨情仇，那也是他們間的事。

現在鬼的身分解開了，鬧鬼事件等於也解決了。

接下來新的問題又來了。

「思賓瑟為什麼半夜要跑到別人房間裡？它讓城主府的人以為這裡鬧鬼了。它做這件事的理由，跟你們來到城主府的目的有關聯嗎？」翡翠向路那利提問。

「接了神厄的委託，要幫忙抓殘存的噬心者。根據情報，有一條魚就藏身在馥曼城主府裡。」說好要和平共處了，路那利也沒特別賣關子，「辨認出他的方法，就是找到他身上的記號。」

「記號？」

「正確來說是個非常小的魔法刺青，就在噬心者耳垂後，失去意識時才會浮現。」

翡翠恍然大悟，原來「找不到」指的是沒找到噬心者的記號。

「小蝴蝶，我都坦白告訴你了，是不是也該換你說說你們來這的目的了？不過就算你沒說，也許我也能猜得出來。」路那利雖然用了「也許」這個字眼，可他的語氣是胸有成竹，「大魔法師的禮物。」

「如果你想跟我們搶的話……」翡翠也不否認，選在這個時間點前來城主府，想推敲出他們的意圖並非難事。

「我對大魔法師的禮物沒興趣，但我們在找的那位噬心者，恐怕會非常有興趣。他會藏身在此處，有太高的機率是爲了禮物而來。」

不管那份禮物的內容究竟是什麼，伊利葉留下的東西對魔法師都充滿著吸引力。更別說是爲了增加力量，寧可不擇手段的噬心者。

「與我們合作吧，小蝴蝶。」路那利單刀直入地說，「你想要禮物，我想要逮到噬心者，我們聯手就會是雙贏的局面。」

翡翠同意路那利的說法，看著對方主動伸出的手，他沒有猶豫地反握上去。免費的人力支援，他又不是傻了才放著不用。

翡翠他們來到城主府的第三天。

同時也是兔子妖精聯盟正式成立的第一天。

這個名字是由思賓瑟提出的，它原本想取的名字更長，叫兔子妖精魔女眼鏡幽靈，剛好可以把雙方主要人馬的特徵都包含進去。

但太長了，所以被多票否決。

大清早的，幾個人就聚在翡翠房裡開會，好擬定接下來的行動方針。

為免思賓瑟碎碎唸帶偏話題，路那利抬手就為它的嘴巴貼上水膜，封住它的聲音。

翡翠拿出了城主府的平面圖，一手在圖上圈畫，另一手則放在金蛋上，摸摸這顆又摸摸那顆，給予它們今日份的愛與關懷。

不過沒多久，那隻手就被瑪瑙抱住。

白髮小精靈偷偷地將兩顆蛋往旁邊踢，佔據了原本的位置，嚴肅認眞的表情彷如在進行一項重大的學術研究，但其實只是在玩翡翠的手指。

路那利和思賓瑟都是第一次見到瑪瑙。

思賓瑟立即忘記被貼水膜的氣惱，恨不得能把瑪瑙捧起來翻過來翻過去，研究個透徹，比自己體型還小的妖精實在太稀奇了。

但有斯利斐爾在旁冷冷盯著，思賓瑟覺得自己的兔毛都要豎起來了，只能憋著好奇心，乖乖地當一隻安靜的美兔子。

路那利只瞥了一眼就沒多關注，掌心妖精是不常見的妖精種族，但性別是男的他就毫無興趣。

翡翠圈起了主樓的位置，「我的意見是，先找出禮物藏在哪裡。有了禮物，噬心者自然會主動上鉤。」

「在找出禮物之前，我們也可以放出另一個餌。」路那利托著腮，看著翡翠笑。

「你該不會是說……我？」翡翠指指自己。

「木妖精是噬心者認定的最高級獵物，更不用說小蝴蝶你是如此美麗，美得讓人移不開目光，雖然皮膚光澤比起我們初見時有點黯淡了。」說到這裡，路那利斂起笑，視線犀利地將翡翠從頭打量到腳，「不只皮膚，還有頭髮，一看就失去光澤。你對自己的身體不夠愛護，看樣子，我以後得……」

「以後的事我們以後再說，要用我當餌沒問題，只不過也要對方願意上鉤。」翡翠沒多解釋自己其實不是木妖精，乾脆繼續讓旁人這麼誤會著，「那麼這幾天，斯利斐爾就盡量別跟在我身邊，營造出我落單的樣子，也許那位噬心者會忍不住出手。」

「在下明白了，在下會在您瀕死的前一刻再出手。」斯利斐爾沉穩地說。

「麻煩你可以多提早幾刻嗎？然後是縹碧，縹碧人呢？」翡翠左右張望，發現那個跟他簽契約的靈又消失蹤影，「等等，他昨晚有回來嗎？」

「沒有。」斯利斐爾說道。

「算了，那就先不管他。」翡翠在心裡呼叫一下那位不見蹤影的幽靈，要對方記得晚上前回來，「昨晚的事，霍夫曼肯定聽說了，我猜晚點就會有人叫我們過去報告情況。對了，路那利，你有空的話多留意一下那位叫柯菈的女僕。」

在得知路那利他們前來此地的目的前，柯菈的謊言對翡翠來說是無關緊要的小事。

但現在，卻有了不同的意義。

柯菈在身分上頓時多了一絲可疑。

既然在這段日子內彼此是同盟關係，翡翠也沒想過要隱瞞這事。

「柯菈？哪一個？」路那利對這人毫無印象。

「戴漩渦面具、城主千金的貼身侍女。」翡翠說道。

「不記得。」路那利還是相同的回答。

在城主府中，所有人在他眼中看起來都是同樣的乏味、黯淡無光，他壓根不會花額外力氣去記。

「雖然不曉得她爲什麼要謊稱自己是本地人，但預防一下總是沒錯，然後回到原來的問題上。」翡翠無意識地用筆敲敲地圖，「昨天和碧翠絲聊天時，我有打聽了一下禮物的消息，可惜沒有特別收穫。」

「她不知道禮物放哪裡？」

「不知道，顯然只有霍夫曼才知道。碧翠絲連禮物長怎樣都不曾看過，那麼就只能針對霍夫曼下手了。你們有什麼看法嗎？」

「我我我！」水膜被解除，獲得發言權的思賓瑟奮力舉高手，「問兔兔小姐就知道了，這種事我超級擅長，我可是身手不凡的咒殺兔子呢！所以我們就把他綁架過來，然後嚴刑拷打他……」

「駁回。」翡翠拒絕採用，他才不想被全馥曼城通緝，「這麼做的話，霍夫曼更不可能主動透露答案。」

「如果，我們讓他主動提供線索呢？」路那利忽地出聲，換來了眾人的注目，「小蝴蝶，你還記得這個嗎？」

路那利展示的是他手腕上的紫水晶手環。

翡翠當然記憶猶新。

當初克爾克城的少女們會失蹤，就是因爲戴上了紫水晶手鍊，才會如同夢遊般地主動前往路那利的領域，成爲他的收藏品。

要不是斯利斐爾在，翡翠也差點受到紫水晶手鍊的迷惑，成爲主動送上門的……

對了，迷惑！

一瞧見翡翠眼睛驟亮，路那利就知道對方理解他的意圖了，他彎起嘴角，「小蝴蝶，你設法讓城主戴上，我就能……」

「就能讓他說出禮物藏在哪裡了！」思賓瑟搶先回答，再滿臉失落地說道：「不能嚴刑拷打眞是太讓兔失望了。」

「不。」路那利否決了思賓瑟的說法，「兔子說的那種做不到。手鍊的效果類似催眠，讓人遵照指令，做出簡單的行動。我能給這條手鍊換一個新指令，在短時間內迷惑霍夫曼的心智，讓他前往他覺得藏有重要東西的地方。」

「不能直接讓他帶我們去找禮物嗎？」翡翠問道。

「他把禮物看得極爲重要，甚至連女兒都不知道放在哪裡。假如直接針對禮物，也許他會在潛意識中產生抗拒，所以就用迂迴一點的手段。」

即使霍夫曼心中認定的重要東西有很多樣，當中也絕對少不了大魔法師伊利葉的禮物。

昨晚在西館發生的騷動，果然傳到了霍夫曼耳中。

就如翡翠所預料的，大約在中午時，霍夫曼派人將他們找了過去。

爲了能刺激噬心者早點出手，翡翠讓斯利斐爾隱匿身形，不讓人發現到他的存在，也不忘叮嚀瑪瑙先待在包包裡休息。

因而在外人眼中看來，翡翠是戴著面具、隻身一人來到了主樓的會客室。

房內只有霍夫曼。

「怎麼沒看見你的同伴？」霍夫曼吩咐管家去準備招待用的茶水點心，目光狐疑地掃過翡翠身後一圈。

「他身體不太舒服。」翡翠面不改色地說謊，「城主大人，昨晚的事情你應該有聽說了吧。」

「抓到鬼了嗎？」霍夫曼只想知道結果。

「還沒，但對方也受到一些傷害。」翡翠編起故事自有一套，精靈身上自帶的聖潔氣質更是容易讓人信服，「昨天我們追出去後，發現對方最後是繞著主樓打轉了幾圈，我們想要再出手時，它直接消失不見了。」

「你說那個鬼，在主樓外打轉？」霍夫曼皺起眉，臉色沉下。

「我們合理懷疑，它的下一個目標可能是鎖定了主樓的某個人。爲了保險起見，希望城主大人可以在這替我們安排一個房間，今晚我們就守在這裡。」明明滿口謊言，翡翠卻是面不改色，「對方已經受傷了，只要再出現，相信這次就能順利將它消滅。」

「也不一定要消滅……」霍夫曼眉頭皺得更緊，「算了，你們到時就先問問它到底想找什麼，能找到的話，我們就幫它找找看，免得人家說馥曼的待鬼之道太差勁。」

「您可眞是個大好人。」翡翠情不自禁地用上了敬語。

「我只是不想讓馥曼丟臉而已。你們先想辦法抓到鬼再說吧，否則期限一到，你們參加完慶典就得給我滾蛋。」霍夫曼嚴厲地說，「滾的時候不准忘記把你們的土產帶走。」

「我們的……土產？」翡翠迷惑地問

「當然是城主府為你們準備的，難不成你們以為到時可以空手離開嗎？」霍夫曼看翡翠的眼神像在看一個傻子，似乎難以理解怎有人會問出這種蠢問題。

霍夫曼沒忘記翡翠的要求，朝管家抬抬下巴，示意他吩咐底下人把一切打點好。

「城主大人，這個也要麻煩你了。」翡翠拿出被路那利動過手腳的紫水晶手鍊，「這條手鍊能夠防止惡鬼近身，倘若鬼魂對屋子裡的人心懷惡意，一旦試圖接近就會被擋下。城主大人是這個家，以及整個馥曼的中心支柱，在氣勢上就遠遠地勝過普通人。因此必須戴在你的手上，才有辦法充分地發揮出效果。」

精靈的外表太有欺騙性，尤其翡翠又一臉肅穆的表情，霍夫曼對他的話不曾存疑，依言將他遞來的紫水晶項鍊戴在手腕上。

霍夫曼在會客室沒待多久又離開了。

他平常就是個大忙人，如今隨著兩百週年紀念慶典的接近，為了各種籌備和事前規劃，他和底下的官員們更是忙得腳不沾地。

離開前還特別交代翡翠，點心吃不夠就儘管跟管家或府裡的任一個僕人說，他們城主府是不容許有人餓著肚子的！

翡翠深怕自己又吃到飽含馥曼靈魂的食物，和管家打了聲招呼，也匆匆離開會客室。就怕多待一秒，他的面前就會送上一大盤豐富且含糖量驚人的甜點。

「我從來沒有想過，有一天我會拒絕食物。」翡翠摘下面具，對著斯利斐爾抱怨。由於走廊上沒人，他也沒特意壓低音量。

「也許在下該建議您在這多待幾天。」斯利斐爾早就對翡翠嗜吃如命這點很不滿了，「這樣您就能徹底改掉您的毛病。」

「別傻了。」翡翠為斯利斐爾的天眞想法嘆氣，「再待下去，只可能出現禁斷症狀，然後你就等著被我吃下肚吧。」

眞・物理意義上的吃下肚。

「不過我覺得用不著幾天了，再半天我大概就會控制不住地想啃你了。」翡翠目光灼灼地盯著斯利斐爾，「你淋上起司醬的話，一定也會很好吃吧，要是再加上鹹培根和生火腿……假如你不想要我說的話變成眞的，你現在就該馬上立刻，爲我買點不含糖、一點也不會甜的東西回來。」

斯利斐爾神情冷厲地盯著翡翠數秒，那雙沒有溫度的紅瞳輕易能讓和他對視之人感到畏懼。

但這些人之中絕對不包括翡翠。

數秒過去，斯利斐爾屈服在翡翠的威脅之下了。

目送斯利斐爾的背影，翡翠愉快地想要哼歌，隨後外頭的綠意盎然吸引了他的注意力。他推開落地窗，走到屋外廊道上。

天氣正好，明燦的日光從高處灑下，將栽植在主樓旁的樹木葉子映得閃閃發亮。

翡翠隔著欄杆探頭往下看，正好瞧見樹蔭下有兩抹人影靠得極近，似乎在說著話。是碧翠絲和柯菈。

從翡翠的角度看，能清晰瞧見碧翠絲臉上的表情變化。

可詭異的是，向來情緒生動的城主千金此刻卻木著一張臉，就像戴上了一層面具，連眼裡的靈動色彩也消失得一乾二淨。

翡翠聽不清兩名女孩子在說什麼，只能看見碧翠絲的嘴唇沒有開闔，但有時會朝柯菈點點頭。

看起來是碧翠絲聽，柯菈說。

兩人之間的氛圍，微妙地像是主從地位顛倒過來。

這古怪的情況沒有維持得太久，下一刻，碧翠絲空洞的表情消失，明亮的笑容重新出現在她臉上。

她朝柯菈揮揮手，似乎是讓對方離開，自己則隨意地抬頭張望，正巧撞見來不及退回屋內的翡翠。

「翡翠先生！」碧翠絲笑彎了眼睛，朝著二樓揮著手，「你怎麼在那邊？」

「城主大人剛有事找我。」翡翠神色從容，一點也沒顯露出異樣。他倚著欄杆，輕鬆地回話，「然後就順便出來外面逛逛了。」

「只有你一個人嗎？」

「對，我的同伴把我扔在這了。」翡翠半開玩笑地說。

他心裡記著碧翠絲和柯菈帶給他的那一片刻異常，特意把自己目前無人陪伴在旁的事點出來。

可惜直到斯利斐爾重新在他身邊露面前，城主府裡誰也沒有對佯裝落單的他出手。

第10章

凌晨一點二十分一到，路那利就做好了準備。

這裡指的準備，除了要外出與翡翠他們在主樓會合外，也包括出門前的梳妝打扮在內。

沒有把自己打理完美之前，路那利是無法容忍就這樣出門的。那對他來說無疑就和裸奔差不多，太丟人現眼。

路那利化了一個精緻的妝，眼角抹了淡紅，將美得極具攻擊性的五官柔化了幾分；口紅選擇了乾燥玫瑰色，顯得無辜又誘人。

外出的衣服也很重要，華麗的洋裝當然要搭配一雙低調透著奢華的高跟鞋。

思賓瑟匪夷所思地發出了質問，「你要穿這樣出門？穿那麼高的鞋子，你就不怕扭到腳然後壓死本兔兔嗎？」

「妳以為我是誰？穿這種鞋子怎麼可能難得倒我跑步？就算要做到安靜無聲地潛

伏，也不過是小事一樁。兔子，妳還太嫩。」路那利輕蔑一笑，抓起思賓瑟，選擇直接從窗戶往外跳。

冰稜霎時凝出，往下一層一層地堆砌，有如一道空中階梯。

等到路那利他們落了地，冰梯亦消失得無影無蹤。

和翡翠他們約好的時間是一點半。

屆時會由翡翠由內打開主樓大門，讓他們順利進入。

路那利摸摸手上的紫水晶手鍊，嘴角彎起。再過不久，霍夫曼便會依他所埋下的指令開始行動。

思賓瑟一馬當先衝到主樓，蹦跳起來，舉手就想敲上門板。

它是隻有禮貌的兔子小姐，進屋前當然要先敲門通知主人才行。

布偶的白手臂還沒來得及揮下，就先被從地上竄起的冰塊凍住，僵直在半空中。

「妳是在耍蠢嗎？」路那利森寒的眼神比他召出的冰還凍，「這麼想讓人知道有外人闖入嗎？」

「啊，兔兔忘記了……」思賓瑟慢了好幾拍才反應過來，他們現在在做壞事，「我需要補充一點棉花了。」

路那利無視思賓瑟在那邊敲著腦袋，他默數著時間，當一點三十分一到，主樓內如期有了動靜。

厚重大門被從內開啓，翡翠探出頭來，目光忍不住在路那利腳上的高跟鞋停留了一會。

路那利痴迷地看著翡翠的臉，對方的美貌在闇夜下宛若會發光，夢幻得讓他忍不住想伸出手，好好感受那無瑕光滑的觸感。

「進來吧。」翡翠本能地把身子縮回去，無意中避開了水之魔女的騷擾。

路那利解開思賓瑟的束縛，一人一兔跟著翡翠往裡走。

半夜的主樓安靜得彷彿針落可聞。

除了樓梯間留有小燈照明，其他地方皆被黑暗吞沒。廊內深處的房間亦是房門緊閉，門縫底下沒有一絲光芒流洩，顯然房內人已經熟睡。

斯利斐爾就站在樓梯口，筆直的身影猶如一柄出鞘劍刃，只要靠近就會被割傷。

思賓瑟小心翼翼地繞開斯利斐爾，覺得這人給兔子的壓力太大。

一旦兔子壓力大，就容易掉毛，它絕對不想成為禿頭的兔兔。

「小妖精呢？」思賓瑟用氣聲問著翡翠。

「在睡覺，小朋友得要早睡才能長得高。」翡翠不自覺地摸摸斜揹的包包。

這種深夜行動一點也不適合小孩子，即使瑪瑙紅著眼眶在床上打滾耍賴，翡翠還是鐵石心腸地拒絕了他的要求。

在知道翡翠不會改變心意後，瑪瑙鼓著臉頰，抽抽噎噎地掉眼淚，最後哭到累了，也沒忘記跟翡翠索取晚安吻才閉上眼睛睡覺。

養小孩眞是甜蜜的負擔啊……想到瑪瑙那哭得紅通通的眼睛，翡翠就覺得心疼。但不論是自己世界，還是這個世界，晚睡對小孩子的成長發育都會帶來不好影響，狠下心拒絕還是相當有必要。

霍夫曼的臥室位於二樓。

幽深的走廊底處是一團化不開的黑暗，令人不由得生起是否有怪物盤踞在那的錯覺。好似只要靠得太近，就會被大張的嘴巴吞噬進去。

翡翠不確定其他人的夜視能力如何，但保險起見，還是有個照明物比較好，避免有人不小心撞到或踢到而發出聲響。

雖然現在主樓的人都已睡下，但誰也不能保證是不是只要一點聲音就會把人驚醒。

翡翠拿出了預先準備好的夜光菊，還是乾燥花版本，這能讓它散發出來的螢藍色光芒變得更加柔和。

缺點大概就是遠看像盞詭異的鬼火飄在空中。

「要開門嗎？這個我超會。」思賓瑟看著上鎖的城主房門，表演欲讓它蠢蠢欲動。

「不用。」翡翠阻止了思賓瑟，看向路那利。

「往牆邊退一點，別擋到門打開。」路那利胸有成竹地算著時間，「來了。」

路那利的話聲甫落下，霍夫曼房內忽地傳來輕微的「喀」一聲，在深夜裡被放大得格外明顯。

原本緊閉的門板驟然開啓。

馥曼城主高壯的身影出現在門後，他雙眼睜開，投向前方的目光卻是空洞而缺乏神采，臉上的神情更是一片茫然。

乍看之下，就像一個陷入夢遊而不自知的人。

這一幕對翡翠來說挺熟悉的，他在克爾克城就見過——自己也曾成為夢遊者的一分子，只能說路那利的迷惑手鍊太有效果。

路那利對霍夫曼下的指令很簡單，要他前往放有重要寶物的地方。

霍夫曼從寢室內走了出來，對走廊上的翡翠眾人視若無睹。

翡翠幾人跟在霍夫曼身後，見他毫無遲疑地一路往前走，來到了翡翠曾經入侵過的書房，然後站在書桌前不動了。

「大魔法師的禮物在這裡？」思賓瑟動口也動手，問話的同時已經一溜煙竄上前，打算將書桌翻個底朝天。

沒人比翡翠更清楚這張書桌究竟有沒有藏著禮物，眼前此景讓他不由得「啊」了一聲，心中浮現某個猜想。

「思賓瑟等等。」翡翠連忙喊住兔子玩偶，「禮物不在那邊。」

思賓瑟困惑地扭過頭，差點因為力道太大，把自己的腦袋從身體上整個扭下來。它趕緊扶住腦袋，身體也跟著轉過來，直面著翡翠。

「書桌底下藏著城主夫人的畫像。」翡翠說道。

路那利當即反應過來，對霍夫曼而言，他逝去的妻子是他的首要寶物。

「一個人的寶物肯定不只一個，我們繼續看。」路那利冷靜地說，「他總會帶我們到禮物的藏匿地。」

在紫水晶手鍊的控制下，霍夫曼的腳步再次邁出，前往他認定的寶物放置處。

這一次，他走向了三樓。

然後在其中一個房間前停下。

「啊，城主大人真是愛妻愛女的好男人。」翡翠感歎了一聲。

「什麼？」思賓瑟不明白。

「這裡是碧翠絲的房間。」路那利在城主府當了幾天女僕，早把裡面摸熟了。

很顯然在霍夫曼的心中，他的妻子和女兒都比大魔法師的禮物來得重要許多，她們的位置全都優先排在前面。

「希望禮物起碼在霍夫曼心裡有排進前十名。」翡翠著實不想在這棟大宅裡耗費太多時間。

待得越久，危險性就會越提高，各種不穩定因素也會增加。

誰也沒辦法保證下一秒會不會有人正好推門走出來。

霍夫曼再度抬起雙腳，這一回，他的行進方向是往樓下走。

從三樓走到二樓，再從二樓走到一樓。

翡翠莫名有種預感，說不定就是這一次了。

思賓瑟仗著自己體型小，身手矯健地跳上了樓梯扶手，直接把向下延伸的木頭扶手當成溜滑梯，「咻──」地往下高速衝刺。

然後就樂極生悲了。

路那利對自己撞到突起雕飾的搭檔毫無同情之意，連伸出援手也不願意，沒看到般地跟著霍夫曼走下了最後一級階梯。

眼看斯利斐爾的鞋底就要殘忍無情地落到自己身上，思賓瑟嚇得豎直耳朵，以最快速度彈跳起來，說什麼也不想當一隻被擠壓出棉花的可憐兔子。

「他會走到哪裡去？」翡翠觀察著霍夫曼的動向，看見對方下了樓梯後便直直走向大門。

難道說，禮物被藏在主樓外面的某一處？

就在眾人皆以為霍夫曼要走出主樓之際，後者無預警停下了步伐。

霍夫曼直挺挺地站著，再也沒有了其他動作。

「怎麼回事？怎麼回事？」思賓瑟是最憋不住話的兔子，它在霍夫曼周圍轉著圈，想知道這地方有哪裡特別，「是這裡嗎？禮物在這裡的意思嗎？」

翡翠遞了一記詢問的眼神給路那利。

路那利接過翡翠的夜光菊，在霍夫曼所站之處巡視一番。

那裡離正門還有一段距離，中間的空地鋪設了一張暗色細紋的厚地毯。

地毯本身看不出異狀，那麼就是……

「地毯下。」翡翠也反應過來，立刻協助路那利一塊把沉甸甸的地毯掀起大半。

隨著地毯被拉開，奇異的圖紋頓時映入他們眼中。

斯利斐爾一眼就看出來了，「是守護用的陣法。」

翡翠一鼓作氣，把整張地毯用力翻掀開，暴露出來的果然是一個圓形魔法陣。

而在魔法陣的中心處，有一個小小的鑰匙孔。

思賓瑟趴在地上摸索，驚奇地以氣聲嚷，「兔子我摸出來了，地板上居然有一扇門。」

原來門的輪廓巧妙地融入了魔法陣的線條中，初看毫不顯眼，粗心大意下更可能直接錯過它的存在。

路那利的拇指摩挲過中指和食指，完成一個無聲的彈指動作。

霍夫曼眼一閉，登時昏迷過去，倒在了堆疊成一團的地毯上。

「有鑰匙孔，就表示有能開啓的鑰匙。」翡翠站在魔法陣旁邊打量，拿出映畫石把鑰匙孔的形狀拍下來，「但又設了法陣……斯利斐爾，這類型的魔法陣是需要特殊方法才有辦法解開的嗎？」

「您看到的鑰匙孔，假使隨便找一把鑰匙嘗試開啓，是無法開啓這扇門的。」斯利斐爾像是答非所問。

翡翠思索一會，迅速抓到了關鍵，「那個鑰匙孔，該不會是一種障眼法吧？假如真的拿一把鑰匙去試的話……」

「魔法陣就會被觸動。」斯利斐爾慢條斯理地說，「讓試圖打開門的人嘗到苦頭。至於是何種苦頭，端看設下陣法的魔法師如何安排。想要安然無事地打開門，就必須使用獲得魔法陣認定的鑰匙。在下說的並不是大眾認知中的那種，而線索都會藏在鑰匙孔裡。」

「也就是說，鑰匙並不侷限我們知道的普通鑰匙對吧。」翡翠理解了，「它很可能是一朵花、一本書、一杯茶、一片巧克力，或是一個布丁之類的。」

「聽得兔子都餓了。」思賓瑟抹抹嘴巴。

「原來如此……」路那利也跟著明白過來，「只要是這個法陣認定的，無論是怎樣的外觀，那就是能開門的鑰匙。」

斯利斐爾對這個結論矜傲地點點頭。

「嗯，如果把嚴刑拷打用在霍夫曼身上，你們覺得我們有多大機率可以問出鑰匙線索？」翡翠的目光瞄向失去意識的馥曼城主，不等旁人回答，他自己就先說出答案，「零，而且接下來估計就換我們要被嚴刑拷打了。」

眼看他們和大魔法師的禮物很可能只差一門之隔，卻拿面前的這扇門無可奈何。

翡翠心裡清楚，今晚只能徒勞而返。

在沒摸清楚強行觸動魔法陣會引發什麼後果之前，他們不能貿然行動。

「太可惜了……」翡翠吐出一口氣，「不過也算是有一些收穫，起碼我們已經知道禮物可能藏在這底下。路那利，要麻煩你讓城主大人自動走回……」

翡翠來不及把話說完，剩餘的音節還在他舌尖上徘徊，主樓裡的燈光卻在下一刹那冷不防亮起。

突來的強光讓眾人反射性閉上眼，以緩解燈光帶來的刺痛。

等到他們睜眼飛速扭頭向後看，撞入視野內的是兩道不知何時出現的人影。

有著一張白胖臉蛋的紅髮少女佇立在樓梯上，眼睛瞪得又圓又大，臉上布滿錯愕和驚疑，她的身後跟著一名戴上漩渦面具的女僕。

是穿著相似睡衣的碧翠絲和柯菈。

「柯菈說樓下好像有動靜，叫我下來看……翡翠你們怎麼……」碧翠絲眼裡還有一絲茫然，彷彿沒辦法即刻理解現在的情況，直到她的視線落在了霍夫曼身上。

她的父親一動也不動地躺在堆起的地毯上，雙眼緊閉，狀況不明，本該鋪著地毯的地方，則露出了一個古怪的圓形魔法陣。

昏迷的馥曼城主、被翻動的地毯，以及那個躍於眾人眼前的魔法陣，再加上大半夜出現在此地的翡翠等人……

這畫面不管怎麼看，翡翠他們都像是一群被抓個人贓俱獲的不法分子。

碧翠絲眼中揉合著不敢置信和恐懼，她張大嘴，尖叫聲下一秒就要從她嘴裡衝出。

可意想不到的事情發生了。

碧翠絲的表情突然凝固，成了一片空白。

就和翡翠曾在主樓外廊窺見到的一模一樣。

不祥的預感剛掠過翡翠心頭，柯菈在下一剎那就抬起了雙手，她十指間纏繞著極細的絲線，而線的另一端赫然接連在碧翠絲身上。

乍看之下，失去表情變化的碧翠絲猶如操控於她手中的大型人偶。

「妳是……操偶師？」路那利識破了柯菈的身分。

操偶師可以操控活物也可以操控死物，讓他們完全憑自己的心意行動。

其中操控前者的難度遠勝於後者，各種不穩定因素太多，只憑低階或中階的操偶師無法辦到。即使是高階操偶師，也須要利用目標人物意志軟弱的時刻趁虛而入，才有辦法成功讓對方成爲手中的人偶。

一名高階操偶師不會無緣無故跑來城主府當女僕，柯菈此刻的動作更證實了她的確別有意圖。

「小姐已經是我聽話的人偶了，不希望她出事的話，希望你們也乖乖聽話。」柯菈摘下臉上的漩渦面具，露出翡翠他們不曾見過的面貌。

「兔子眼花了？」思賓瑟大力用手揉揉眼，語氣激動，「兩個一樣的人？女僕和小姐長得一樣!?」

揭開面具的柯菈擁有和碧翠絲相同的容顏，一頭紅髮披散下來，和碧翠絲站在一塊，根本分不出誰才是真的，誰才是假的。

初看到兩張如出一轍的臉孔，翡翠的第一反應是雙胞胎，但這個答案轉眼就被他否決掉。

不可能，霍夫曼只有一個女兒。

所以……易容術、人皮面具，或是某種魔法造成的障眼法？

「小姐的身分接下來就由我接收。」柯菈把漩渦面具覆在碧翠絲臉上，遮住了對方的五官。她們倆如今靠在一起，令人不由自主地產生一股錯亂感，「你們也可以大聲喊，但眼下的情況，城主府的人會信誰呢？」

柯菈的手指再一動，碧翠絲的身子搖晃幾下，隨後像被一股無形的力量推動，整個人從樓梯上摔下去，發出沉悶的撞擊聲。

翡翠耳尖微動，聽見一樓另一端隱約傳來聲音，房裡的僕人們似乎注意到不對勁。柯菈的動作比翡翠他們還要快，她露出詭異微笑，隨後放聲尖叫。

那聲音，就和碧翠絲一模一樣。

「爸爸！翡翠先生，你們對我爸爸做了什麼！你們居然和柯菈串通！快來人……快來人把他們抓住——」

撕心裂肺的吶喊徹底驚動了整幢主樓，馬上有數人從傭人房裡跑出來，急促的腳步聲在夜晚被放大數倍。

管家焦急地扶住柯菈，深怕她有什麼大礙。

眞正的小姐則昏迷在旁，無人關心。

翡翠任憑眾人把他們包圍住，對其他人使了個稍安勿躁的眼色。倘若他們這時候再有動作，無疑會落實了他們的罪名，到時只怕跳到河裡都洗不清了。

翡翠看見柯菈抬起頭，嘴角盡是得逞的笑意。

螳螂捕蟬，黃雀在後。

很顯然，黃雀早盯住他們，然後把他們逮住了。

人聲、犬吠聲，鬧哄哄的各種聲音交會在一起，有如一大鍋沸騰的水在咕嚕咕嚕地冒泡。

對城主府的人們來說，今晚勢必難以平靜。

比起昨天西館有人撞鬼，這一回發生的事件更為重大。

僕人們窸窸窣窣地交談，討論著從主樓那邊聽來的消息，時不時交換一下自己知道的情報。

「那幾個負責捉鬼的冒險獵人……小偷……和人裡應外合……」

「戴黑兔面具、有時會抱著一隻兔子玩偶的女僕……」

「城主大人遇危……」

「他們太可惡了，知人知面不知心！」

「還有柯菈，柯菈居然背叛了小姐！」

「她從一開始進來這裡，就心懷不軌……」

但不論他們說了多少，歸納出來的結論都只有一個。

——馥曼分部派來捉鬼的冒險獵人，和府裡的兩名女僕私下勾結，趁半夜攻擊了城主大人，還想偷走府裡的寶物。

這些雜亂的聲音卻傳不進思賓瑟拚命豎得老高的兔耳朵之中，厚實的石牆隔絕了外界的紛亂。

思賓瑟努力聽了半天，發現還是徒勞無功，兩隻耳朵終於放棄地耷拉下來。

它很想擺出個托下巴的造型，覺得這個姿勢最適合表現出它在沉思了。

可惜它做不到。

它短短的兩條手臂都被向後凹折，再用粗繩綁在背後，它覺得自己就像隻蝦子凹出一個弧度了。

就算思賓瑟在那時假裝自己只是隻漂亮的玩偶，也依舊難逃被綁縛的命運。

思賓瑟簡直要氣壞了，竟然這麼對待一隻淑女兔子，那群傢伙實在太喪心病狂！

不只思賓瑟被綁起來，翡翠、路那利，還有斯利斐爾，也受到同樣待遇。

甚至包括城主千金碧翠絲。

只不過碧翠絲現在頂替的身分是柯菈。

不是沒人想摘下她的面具，可面具卻文風不動，好似黏在她的臉上。

但這只會讓府裡的其他人疑心她是不想暴露眞面目，壓根不會想到面具底下的人才是他們眞正的小姐。

他們所有人都被認定是意圖謀害霍夫曼的凶手。

在霍夫曼醒來之前，他們必須被關在城主府的牢房中。

牢裡原先堆著不少東西，似乎在之前是被充作儲藏室使用。

牢房外沒有再另外安排人顧守，城主府的警衛把翡翠等人扔進來就離開了。他們對此處的牢固很有信心，絲毫不擔心犯人有機會越獄。

整個空間顯得異常安靜，單一沉重的灰色調加重了壓迫感。

「我可以大聲尖叫嗎？兔子小姐想要大聲尖叫。」思賓瑟彬彬有禮地打破了房內的寂靜。

只能在心裡抱怨一點也不符合它的個性，它是隻有話直說的兔子，憋太久會影響兔子身心健康的。

牢房裡的四個人，有一人失去意識無法表達意見，另外兩個則不約而同地投來了冷淡視線。

思賓瑟彷彿被丟進冰窟裡，它識時務地閉上嘴巴。

翡翠的眼神則顯得有溫度多了。

但看得思賓瑟無來由起了一身雞皮疙瘩——它想像中的雞皮疙瘩。

「翡翠，你在看什麼？」思賓瑟還是憋不住疑惑。

「妳的姿勢讓我想到蝦子。」翡翠坦率地說，「蝦子很好吃啊。雖然我海鮮過敏，可這阻止不了我想吃蝦的欲望。」

「不不不，我是隻兔子啊！」思賓瑟發抖，就怕眞正喪心病狂的綠髮青年忍耐不住，把它當成蝦子的替身。

「開玩笑的。」翡翠彎了彎嘴角，神情無辜。

除了路那利之外，斯利斐爾和思賓瑟都不相信翡翠是在開玩笑。

翡翠的尖耳朵微動一下，可以捕捉到小屋外已經沒什麼動靜，但仍不排除屋外有人負責看守。

畢竟他們可是對城主大人行凶的邪惡罪犯。

雖然在霍夫曼尚未醒過來前，城主府的人不會真正對他們動手。

可一旦霍夫曼醒來，得知地毯下的魔法陣被他們發現，而自己還莫名其妙昏倒在那，恐怕就會敏銳地察覺到那串紫水晶手鍊有異。

「在我們想想下一步該怎麼做之前……斯利斐爾，麻煩一下，繩子。」翡翠朝斯利斐爾的方向眨眨眼。

斯利斐爾手腕一動，綁住他的繩子倏地鬆脫開，掉落在地面上。

恢復自由的他站了起來，在幫翡翠他們解開繩子之前，他先爲自己換了一副新的白手套。原來的那副被其他人碰過了，這令他難以忍受。

路那利毋須別人幫助，意念一動，平空凝出的冰刃割斷繩子，讓他簡單掙脫束縛。

「您不是說您是一個殺手？」斯利斐爾彎下身，爲翡翠鬆綁，「這事對殺手不應該是小菜一碟？」

「有人服務，我幹嘛浪費自己的力氣？」翡翠理所當然地說，一等雙手重獲自由，他趕忙輕手輕腳地打開背包檢查。

小小的白髮精靈在裡面睡得正香。

「他還能睡得著？太強了吧！」繩子一被解開，思賓瑟快步跑到翡翠旁邊，湊近背包，「正常人……正常妖精不是早該被吵醒了嗎？」

「因爲這包包耐震耐撞啊。」翡翠將袋蓋拉好。

眞神出品的東西果然就是不一樣，再怎麼劇烈猛烈的搖晃，背包內都不會產生動盪，自然也不會讓裡面的小精靈和金蛋受到影響。

但不檢查一次，翡翠總是不放心。

「路那利，霍夫曼大概多久會醒過來？」翡翠提起正事。

「最遲明天早上就會恢復意識。」爲了避免洩露破綻，路那利安排的迷惑時效並不長。

「也就是說我們能用的時間不多了。禮物要是不在今晚弄到手，明天之後大概就不會在原來的地方了。」翡翠分析起他們將碰到的幾個問題，「還有霍夫曼那邊，等他知道實情後，一旦我們逃跑，不曉得會不會成爲通緝犯呢？」

「襲擊城主、意圖偷竊。」思賓瑟想扳著手指數，但發現自個兒的手就是一個饅頭狀而作罷，「聽起來不夠壞，不夠血腥耶。」

「要是夠血腥，我們就要被全南大陸通緝了。」這可不在翡翠的精靈生計畫內，「如果能證明柯菈就是你們在追捕的噬心者，並讓他相信他的女兒是被關在這裡的這一個，那我們身上的罪名就全不是問題了。包括魔法陣，我們也能說是誤打誤撞發現的，並不知道法陣後面是不是有藏東西。只不過這一切的前提得是……」

「那個叫柯菈的，眞的是噬心者。」路那利把話接下。

從今晚發生的事情來看，柯菈是噬心者的可能性相當高。

而想確認噬心者的身分，只有一個方法。

一旦噬心者失去意識，耳垂後方就會浮現組織特有的記號。

翡翠驀地想起柯菈也曾撞鬼的事，「思賓瑟，妳沒在柯菈身上發現到記號嗎？」

「兔子不知道啊，我來不及確認。」思賓瑟苦惱地捧著臉，「時間不夠呢。」

翡翠理解地點點頭，看樣子是當初柯菈警醒得太快，才會沒有足夠時間確認。

就在這時，倒在地上的碧翠絲驀地有了動靜。

她發出低低的呻吟，接著睜開雙眼，茫然地看向周圍環境，一時半刻像反應不過來自己現在的處境。

灰磚牆、灰石頭地板，還有一根根的鐵欄杆……

這地方怎麼看，都像是一間牢房。

碧翠絲瞪大了眼。

……不，這根本就是一間牢房！

第11章

「爲什麼我會在……」碧翠絲急切的問句驟然停住，她慢一拍地發現到自己臉上戴了一張面具，而且還拔不下來。

「怎、怎麼回事？究竟發生了什麼事？」碧翠絲嗓音發顫地問，「翡翠先生，你們爲什麼也在這裡？還有那名女孩子又是……」

「他是我們的……冒險團團員。」翡翠隨口找了個能說服人的理由，沒注意到他說完之後，路那利的眼底閃過異樣光采，「然後旁邊的那隻兔子，是他的寵物。」

「兔子我才不是寵物！」思賓瑟腳掌猛拍地板。

「玩偶會說話！」碧翠絲吃驚地拔高聲音。

「一些魔法的小手段而已。」路那利輕描淡寫地帶過，面對女孩子，他的態度減少了幾分尖酸刻薄。

「碧翠絲，妳還記得發生什麼事嗎？」見碧翠絲情緒漸漸穩定下來，翡翠直截了當地問道，「妳最後有記憶的畫面是什麼？」

「我記得我去找柯菈，之後就……什麼也不記得了。」碧翠絲越說眼裡越掩不住惶恐，她猛然也意識到問題出在哪，「是柯菈！她把我……她怎麼能……我不明白……」

碧翠絲陷入了難以自拔的慌亂中，她話語零碎，內容也跟著變得顛三倒四。

翡翠一把抓過思賓瑟，把它塞進碧翠絲懷裡。

在他的印象中，情緒失控時，絨毛玩具是最能安撫的東西了。

碧翠絲不自覺地用力抱緊懷中的兔子玩偶，換來一陣淒厲的慘叫。

「要出來了！要出來了！兔兔小姐的棉花！棉花啊啊啊啊！」

在思賓瑟慘兮兮的鬼哭神號中，碧翠絲斷斷續續地還原了整個事件的面貌。

她是因為忽然想喝水才醒過來的，結果房內的水瓶正好空了。

由於已是半夜，她不想吵醒隔壁房的柯菈，打算自己下樓去裝個水。沒想到經過柯菈門前時，隱約聽到了說話聲傳來。

碧翠絲當下的第一個反應，就是懷疑是不是自己聽錯了。

柯菈明明是獨自一人睡一間房，這個時間點……她究竟是在跟誰說話？

好奇心驅使碧翠絲做了平時絕對不會做的事，她偷偷摸摸地轉動門把——爲了能最快地回應碧翠絲的召喚，柯菈的房間一向沒有上鎖——小心翼翼地把門板推開一條縫，再湊上前偷看。

當她愕然地發現到房內除了柯菈以外，居然還有另一抹人影的同時，說話聲也更清晰地流洩出來，一字不漏地進入她的耳中。

「柯菈一直有同夥躲在府裡，他們的目的是大魔法師的禮物。他們原本想在慶典當天偷走它……」碧翠絲深吸一口氣，無意識地又勒緊了懷中的思賓瑟，「可是因爲府裡來了冒險獵人，他們打算改變計畫，提前動手……」

思賓瑟抽搐幾下，似乎是放棄慘叫了。

「我想趕緊去找爸爸，沒想到卻被他們發現……」

「妳有看見另一人的模樣嗎？」

「沒有，我沒來得及看清楚……接下來的事就都不記得了。翡翠先生，現在的情形到底是……」

翡翠想了想，省去一些不適合挑明的部分，把柯菈可能是他們的追捕目標這件事說了出來。

聽完大致的來龍去脈，碧翠絲呆愣了好一會，才像是消化完畢。

「所以柯菈……是通緝犯？她操控我，還假冒我的身分。而你們會來城主府……」

「主要是確認柯菈的身分，逮到她，然後還有幫忙解決你們這的鬧鬼問題。碧翠絲，妳之前有看過柯菈面具下的長相嗎？」

「當然有，畢竟她是我的貼身侍女。雖然爸爸討厭看到有人不戴面具，但我和柯菈私底下相處時，她的面具都會摘下來。她長得跟我完全不一樣啊，怎麼有辦法……」

「當然是偽裝啦，偽裝成妳的樣子就好啦。」思賓瑟從碧翠絲的懷抱掙脫出來，抖抖身子，就怕自己有哪裡被擠壓得變形了，「妳現在也不可能去找別人說出真相。面具拿不下來，假小姐又有跟妳一樣的臉……」

「那怎麼辦？那該怎麼辦才好……」碧翠絲慌得六神無主，只能把希望全寄託在翡翠幾人身上，「翡翠先生，拜託你們幫幫我！既然大廳地毯下藏有守護的魔法陣，那麼禮物最可能藏在底下對吧！」

「我們是這樣推測，但沒看到之前都無法確定。」

「可是柯菈也看到那個魔法陣了，她一定也會認爲禮物最可能藏在地底下，肯定會迫不及待動手的……翡翠先生，你們需要我做什麼我都會配合的！只要能幫得上忙！」

翡翠沉吟一會，回想著斯利斐爾說過的內容。守護法陣的鑰匙必須是施法者，或是要求施法者認定的重要之物。

依照霍夫曼的性子判斷，這份重要之物必定是由他認定，不是在他手邊，就是在離他不會太遠的位置。

霍夫曼的寶物是什麼？

從他戴上紫水晶手鍊、無意中展現出的行爲來看，首先是他死去妻子的畫像，再來是他的女兒。

由此推論，那個重要物品也脫離不了與這兩者相關。

「您不是有拍下鑰匙孔？可以從那尋找線索。」斯利斐爾提醒。

翡翠趕緊拿出映畫石，播放出法陣的鑰匙孔畫面特寫。

放大之後才發現到，鑰匙孔的形狀相當特別，宛如一朵盛開的花。

「這……是花嗎？」碧翠絲訝異地說。

翡翠覺得這花似曾相識，還沒等他理出一個答案，思賓瑟先喊了出來。

「是甜心花！一定、肯定、鐵定是甜心花！我可是熱愛小裙子與花的兔兔，選我的答案絕對沒有錯！」

說起「甜心花」三個字，翡翠就有印象了。

是那個聞起來甜得要命、吃起來甜得讓人出人命的白色花朵。

甜心花在馥曼隨處可見，霍夫曼不可能直接以花來當法陣鑰匙……

「碧翠絲，妳母親留下的遺物和妳手邊的東西當中，有什麼跟甜心花有關嗎？例如有甜心花的花紋，或是外觀長得像甜心花，總之只要跟甜心花沾得上邊的都行。」

這問題顯然考倒了碧翠絲，她眼裡一片茫然，手指也無意識揪著自己的衣領，隨後她觸摸到布料底下的小小硬物。

她眼睛倏地大睜，「甜心！媽媽有一條項鍊就叫『甜心』！爸爸把它送給我了，還交代絕對不能離身，一定得佩戴在身上才可以！」

爲了證明自己所言不假，碧翠絲急急從衣服底下拉出一條項鍊。垂墜的飾品是一顆橢圓的銀蛋，中心有顆鮮紅的愛心，邊緣包覆著精巧花紋，交錯出浪花的形狀。

正是城主夫人畫像上出現過的那條。

思賓瑟腿最短，但動作卻是全場最快的一個，它喊出聲的同時，身影也疾如白色旋風，一晃眼就把碧翠絲的項鍊拿在手中。

「讓兔兔小姐看！」

它翻來覆去地檢查，很篤定地向大家宣布。

「你們看這顆愛心……它可以當成花心，然後旁邊的花紋把它包在中間，這是一朵甜心花沒有錯！」

名字叫「甜心」，上面有甜心花的花紋，又是碧翠絲母親留下的遺物，霍夫曼還交代過不能離身。

種種線索組合在一起，鑰匙的眞實面貌頓時躍於大家面前。

「原來如此……」碧翠絲喃喃地說，「原來是這個原因，這條項鍊才那麼重要。怪不得……翡翠先生，現在鑰匙有了，那麼我們是不是？」

「還是要有人到外面確認一下情況才保險。」翡翠說。

「我可以派我的蝴蝶去。」路那利手腕抬起，手背上不知何時停佇著一隻剔透的水蝴蝶。

「假使不能及時回報的話，還是不太保險。最適合的其實是縹碧，如果他再不出現，他就逃不了被做成人形果凍的命運了……嗯嗯。」翡翠抱胸思考，「淋蜂蜜好像不錯，焦糖醬不知道會不會太甜？加點濃縮咖啡，再撒點榛果粒好像會更棒……決定了，果凍上就加濃縮咖啡吧！」

「在那之前，我相信我有權利拒絕那些東西淋在我身上。」少年的聲音冷不防冒出，加入了小屋眾人的談話之中。

縹碧顯現出身影，即便眼睛被紅布條蒙著，也能看見他臉上露出明顯的惱怒。

縹碧實在想不明白，他的新主人看起來就是個漂亮無害又有氣質的妖精，怎麼一天到晚惦記著把自己放上菜單？

「他、他的身體！是半透明的！」碧翠絲被縹碧無預警的現身嚇得差點尖叫，「他是……是幽靈嗎？難不成……」

「他不是在城主府作亂的幽靈，他也是我們的同伴。不瞞妳說，我們捉鬼的方式就是打算以幽靈剋幽靈，事實證明還挺有效果的。」翡翠一本正經地胡扯。

「好像……好像很有道理。」碧翠絲像是被說服了，繃緊的身子登時放鬆許多。

「你來得可眞及時，縹碧。」翡翠嘴上這麼說，可明眼人都能看見他眼中的遺憾，「城主府的情況目前怎樣了？」

縹碧的身影又消失，半晌後再次出現。

「有人正往這地方接近。」縹碧發出警告。

眾人對望一眼，下一秒迅速回到原位，營造出仍被限制自由的假象。

翡翠他們剛裝好樣子沒多久，就聽見牢房外傳來了多人的腳步聲。

「有四個人。」思賓瑟動動它引以爲傲的兔耳朵，以氣聲向大家通風報信。

半晌後，果然牢房外出現了四條人影。

柯菈已經換下睡衣，堂而皇之地穿上了屬於城主千金的服裝。

身後的三名僕人戴著不同圖案的面具，乍看下是城主府內的僕人。可他們全身上下用斗篷包得緊緊，看起來格外可疑。

碧翠絲還是第一次直面取代她身分的柯菈，這莫大的衝擊似乎讓她喪失了思考能力，整個人呆愣在原地，連質問都忘記了。

「妳好，柯菈。」柯菈笑吟吟地看著碧翠絲，溫和的語氣裡是滿滿的惡意，「這裡待得還習慣嗎？」

碧翠絲被這名字驚回神智，她瞪大著眼道，「我才不叫那個名字！柯菈明明是妳，我是碧翠絲！馥曼城主的女兒！妳到底想做什麼？不准妳傷害我爸爸！」

「我一點也不明白妳在說什麼。」柯菈露出困擾的表情，「我來這，只是要找翡翠先生而已。」

「我？」翡翠沒料到自己會突然被點名。

「翡翠先生，我非常、非常喜歡妖精，尤其是木妖精。我一直希望能有機會與你好好地相處，當然是在只有我們兩人獨處的情況下。」柯菈做了個手勢，要其中兩名安靜得異常的僕人打開牢門，單獨把翡翠帶出來。

「我懂，我的美貌總會讓人不由自主地想犯罪。」翡翠感歎地說，「妳一定想對我這樣那樣吧。」

「……不，你想多了。」柯菈的臉部肌肉抽搐一下，似乎沒想到這名綠髮妖精的臉皮如此厚，「我只是想要……」

「想要挖出我家小蝴蝶的心臟嗎？我可是絕對，不會容許的。」路那利艷麗的笑容像能將人割傷。

變故就在此刻產生。

數隻水蝴蝶「唰」地衝出，看似剔透精緻的翅膀，卻堪比最鋒銳的刀刃，毫不客氣地直襲向牢房內的兩名僕人。

那兩人的斗篷被割開，面具跟著掉下，然而本該也被割出傷口的身軀上，竟不見任何血線噴出。

「什……什麼麼麼麼！」思賓瑟喊出了眾人的驚愕，「是木頭人！」

正確來說，是兩個由木頭刻成的人偶。

它們表面粗糙，臉上甚至沒有五官。假如沒有用面具和斗篷遮掩，一眼就會被看出異常，繼而在城主府裡引起騷動。

也怪不得它們要把自己包得嚴嚴實實了。

「太慘了，連頭髮也沒有，是禿子！」思賓瑟不由得驕傲地摸摸自己的皮毛，「是醜八怪禿子！」

「它們又不需要頭髮！」被一隻兔子看低品味，柯菈氣急敗壞地反駁，「你們以爲能逃得了嗎？我的人偶，抓住他們！留他們一口氣就行了！」

木頭人偶沒有意志，聽不懂思賓瑟的嘲笑，它們只知道服從操偶師的命令，二話不說就朝翡翠他們發動攻擊。

牢房內頓時一片混亂。

柯菈剛想把翡翠他們連同人偶都關在牢房裡，泛著森冷寒氣的冰塊轉眼就將鐵門和地面一塊凍住，讓她無法從大門下手。

一腳踹開木頭人偶，翡翠一行人抓緊機會，紛紛從狹小的空間內逃脫出來。

「不准讓他們跑了！」一見到囚犯逃出，柯菈臉色驟變，直接讓第三個木頭人偶加入戰局。

「小蝴蝶，接住！」路那利飛快扔出一個東西給翡翠。

翡翠一把抓住，攤開掌心一看，是一隻黑中帶金紋的迷你蟲子。

「用這聯繫，這裡就交給我和兔子。」淡藍的水流在路那利手邊平空生成，眨眼交纏在一起，凝結成一柄法杖。零碎的晶體圍繞在頂端的白色圓球旁，猶如眾星拱月。

南大陸秋季的特色就是充滿潮濕的空氣，馥曼這裡也不例外。

這對路那利來說，無疑是有取之不竭的水分存在。

「交換條件，我會跟你索取一個要求的，到時你不能拒絕我。」路那利法杖擊地，無數寒冰從地拔起，攔堵住柯菈和人偶的去路。

「妳沒有唸咒語，也沒有使用字符……」柯菈面孔扭曲，意識到自己碰上了棘手的角色，「妳是魔女！」

魔女天生就能使用魔法，不像魔法師還得藉助唸咒或字符等手段。可同時，魔女也受限體質，終生只能使用單獨一種元素的魔法。

眼下，路那利的屬性再明顯不過了。

水之魔女！

「只要是在我能做到的範圍內就好說，蹭吃蹭喝想都別想！」翡翠朝縹碧使了一記眼色，要對方負責在前方探路，他們跟在後面跑。

見情況不對，柯菈用言語反激，「翡翠！你想拋下同伴們不管嗎？」

「我留下的話，妳就會自願成為我們的俘虜，會到霍夫曼面前坦承一切嗎？想也知道不會，那我們就別浪費彼此的時間了！」翡翠頭也不回地喊，他們幾人的身影一晃眼就消失在地牢當中。

「來陪兔兔小姐唱歌吧。」思賓瑟靈活地躲過木人偶的抓捕，彈跳至柯菈後背，兩隻手臂緊緊地攀著她的脖子不放。

它晃晃腦袋，咧開嘴巴，紅鈕釦縫成的眼睛此時顯得詭異無比，還有種說不出的邪氣。

「讓我們一起，快樂到最高點吧。」

喀啦喀啦，兔兔的腦袋掉下來。

喀啦喀啦，壞人的腦袋掉下來。

啊啊，掉了腦袋踩了腦袋爆了腦袋，誰來把腦袋撿起來？

尖銳怪誕的小孩子歌聲隱隱約約從地牢穿透出去。

有縹碧負責在前頭開路，翡翠他們的行動很順利，不到一會就跑出了地牢範圍。

「路那利給我的東西是什麼？看上去跟瑞比給的傳音蟲有點像。」翡翠在腦中問著斯利斐爾。

「在一定範圍內，可以和擁有另一隻成對蟲子展開即時通話的高級傳音蟲，又稱爲即時通訊蟲。」斯利斐爾回答。

這個熟悉的功能……

「是手機！」翡翠恍然大悟，這種方便的蟲子，他也想要多收集幾隻，「要去哪邊才能買到？」

「在下忘記說了，即時通訊蟲相當昂貴。」斯利斐爾平靜地潑冷水。

「多貴？」

「大概要您擁有三棵寶石樹。」

翡翠對此很有自知之明，想要有三棵寶石樹，他去作夢最快。

果斷放棄購買即時通訊蟲的夢想，翡翠緊抓著碧翠絲的手，以免她半路脫隊。

一行三人加一名幽靈迅速地趕往主樓。

無論如何，都得搶在柯菈的同夥動手之前，先確保禮物的安危。

或許是經歷過先前的騷亂、犯人又被關起之故，這時城主府的警備反而鬆散下來。沿路不見有人巡邏，主樓周圍也沒有特意加強人力看守。

主樓的大門自然重新上鎖了，但這對翡翠來說不算難事。

自從成功破開縹碧之塔，他終於成功擺脫受精卵的身分，成爲一個能使用魔法的精靈王了。

雖然目前也只會風之刃而已。

他現在唯一要擔心的，是會不會不小心用力過猛，造成不容忽視的騷動。

要使用魔法，就得多補充魔力。

翡翠在碧翠絲和縹碧沒看到的角度掏出幾枚晶幣，像隻倉鼠般快速咀嚼，囫圇吞棗地大口吞下。濃烈的苦瓜青草味衝上腦門，讓他的臉皺成一團。

動靜要小一點，威力也要小一點……強忍住那股味道帶來的不適，他閉上眼睛，在心裡叮囑自己。接著深吸一口氣，感覺到晶幣帶來的能量流動。

魔力槽開啓，確認。

魔力使用，確認。

「風之刃。」

淡綠色氣流在翡翠掌心上如漩渦般湧出，剎那間化成薄利風刃，朝著雙開大門的中間門縫掠去，俐落切開鎖舌，讓門鎖徹底失去效用。

「這個風之刃……好像，有點迷你？」翡翠以意識和斯利斐爾交流。

「您只吃了三枚晶幣，您以爲您能大到哪邊去？」

「肯定比你……」翡翠吞下後面的話，反省一下身爲男人不該反射性就想比大小，尤其是跟能變出兩個的傢伙比，「我覺得之後得製作一些假字符出來了，不然沒唸咒就使出魔法，別人恐怕會懷疑。」

來到法法依特大陸好一段時日，一些基本知識翡翠也是有的。

即便是被譽爲最適合當魔法師的妖精族，也必須喃誦咒語才能借用元素之力，進而發揮魔法的效果。

如果一再表現出自己的異常之處，精靈的身分遲早有一天會曝光。

妖精族都能引來噬心者的狩獵了，天知道精靈族會不會引來更糟糕的存在。

斯利斐爾對翡翠的提議沒有意見，但他有話想要說出來，「您其實可以讓縹碧負責開門。」

翡翠推門的動作一頓，後知後覺地想起自己身邊有個能穿牆的幽靈。

「別介意我的存在，我喜歡欣賞別人使用魔法，那非常美妙。」縹碧悠哉地飄向前，主動替翡翠推開了那扇大門。

大廳的樓梯間還有微弱的壁燈照亮，讓大廳不至於陷入伸手不見五指的闃黑。地毯被蓋回原位了，遮擋住底下的圓形魔法陣。

就如樓外一般，同樣無人顧守。

碧翠絲協助翡翠一起把厚重的地毯完全拉開，讓守護法陣重新顯露出來。

翡翠掏出乾燥的夜光菊，照亮中央的花形鑰匙孔。

「這個……挺有趣的魔法陣，符文之間的鑲嵌結合得不錯。」縹碧浮在空中，俯視著設立在地板上的繁複圖紋，「看起來建構面積不大，但從魔力傳來的波動來看，其實涵蓋了地底下極大的範圍，恐怕整座城主府都包括在其中。大致可以想成一個堅固的大箱子就藏在下面，必須要用正確的鑰匙打開，才有辦法進入到裡面，一旦嘗試錯誤，就會引起反噬。」

「也就是說，還沒人動過這個魔法陣對吧。」碧翠絲拍拍胸口，輕吁了一口氣，提起的一顆心似乎終於安放回原處，「太好了……不過幽靈先生對魔法陣好了解。」

「我喜歡魔法、魔法陣及所有相關的一切。」縹碧嘴角勾著矜傲的笑意，當他一轉頭面向翡翠，就成了得意洋洋的炫耀，「翡翠，我很厲害吧，有沒覺得自己眞的撿到寶了？」

「等你能吃我就會這麼覺得了。」翡翠無比敷衍地說，「你能分析魔法陣的話，能不能直接穿透？這樣大家都省事。」

「很遺憾，我無法穿透。」縹碧說，「大部分魔法陣連靈也能一併阻擋，包括這個。強行突破只會令我的身體受到損傷，我拒絕讓這種事發生在我身上。翡翠，你也不想看見你的所有物失去了原先的完美吧。」

「翡翠先生，這個……可以拜託你嗎？」碧翠絲拿出項鍊，緊緊地攢握一會才放開，「我……我害怕見到媽媽留下的東西受到破壞。但我明白，一定得用這個當作鑰匙，才能打開魔法陣。要是動作太慢，柯菈的同夥很可能就會出現，然後……」

然後又將會是一場無可避免的混戰。

翡翠聽出碧翠絲的未竟之意，也理解速戰速決的重要。他接過項鍊，舉步走進魔法陣的範圍。

「放上去就好。」縹碧飄在旁邊指導。

翡翠依言照做。

名為「甜心」的項鍊剛放上地板不久，整個魔法陣驀地光芒一閃，符紋快速地逐一發亮，一下就連接完所有線條，隨後又歸於平靜。

但是翡翠聽見了。

那是極輕的一聲響動，有如鎖片彈開，「喀」的一聲，清晰地進入精靈的尖耳內。

在數雙眼睛的注視下，鑰匙孔消失無蹤，原來的位置自動浮上了一個門把。

翡翠拉了一下，門板輕易地被拉起，露出了隱藏在後面的一道階梯。

第12章

階梯深處一片幽暗，看不清底下藏著什麼。

由於樓梯的寬度一次僅能容納一人，保險起見，依舊是由縹碧打頭陣，翡翠次之，再來是碧翠絲和斯利斐爾。

「好、好暗啊……」碧翠絲小聲地說，「翡翠先生，我可以抓住你的手嗎？」

「妳抓這個會更方便。」翡翠笑咪咪地把夜光菊往後一塞。

沒有經過乾燥的夜光菊在長長樓道間散發光芒，像盞藍白色的蠟燭照亮腳下的路。

趁著往下摸索行走的空檔，翡翠在他和斯利斐爾的專用頻道裡敲了敲。

「斯利斐爾，那時候你沒察覺到嗎？柯菈和碧翠絲她們在大廳裡出現。」翡翠問道：「之前路那利偷看我的時候，你不就有發現到？」

「他的視線是針對您而來，有關您的事，在下的感知會較爲敏銳。」斯利斐爾平淡地說，「平常的時候，在下沒有那麼閒。」

直白一點的翻譯就是——他不想多花力氣去留意周邊小蟲子的動態。

翡翠也只是好奇問問，並沒有要追究什麼。恐怕從他們搬進主樓開始，柯菈就在密切地監視他們的一舉一動，才會在如此剛好的時間點登場，並巧妙地和碧翠絲調換了身分。

有事實佐證，府裡的僕人們也不會懷疑眼前看到的一切。

接下來的發展就順理成章了。

他們成為階下囚。

然後又順利逃獄中。

在夜光菊的照明下，翡翠幾人沒有花上太久的時間就抵達樓梯底端。

翡翠在心底估算過，他們走了三十階，大約是接近一層樓的高度。

樓梯的盡頭是一個門洞。

穿越過去，登時迎來一個稍微寬闊的空間。

空間裡沒有任何東西，被四面牆壁包圍，唯獨前方有扇更為高聳的大門。

縹碧率先停下，「等等。」

「怎麼了？」翡翠問道。

「這扇門也設有魔法陣。」縹碧手指往前伸出，感受到屬於魔力的波動。

「這裡也有？」碧翠絲吃了一驚。相較於大廳地板上顯目的魔法陣，眼前所及的一切事物上，都不見有任何特殊紋路或是記號，「那是不是也要用項鍊……」

「不。」縹碧降下身子，腳尖輕飄飄地踏上地面，接著提步往大門走去，「這是另一種類型的法陣，不須尋找鑰匙打開。因爲這扇門本就沒有上鎖，它只是單純地不讓人有機會接近門後。」

翡翠朝斯利斐爾投去一眼，見後者點頭，表示縹碧對魔法陣的分析沒錯。

「沒有上鎖？那我們爲什麼不直接……」碧翠絲急切問道：「要是不快點，萬一柯菈的同伴找過來……上面的守護法陣已經失效了吧，那不就沒有東西能阻擋對方了？」

縹碧對碧翠絲的追問充耳不聞，他站在離大門一步之處，仰頭像在凝望某種只有他能看見的存在。

「是疊加類型的魔法陣。」縹碧說。

「指的是複數以上的不同魔法陣組合在一起。」斯利斐爾直接爲翡翠解惑。

「有辦法解決嗎？」翡翠關注的重點只有一個。

碎星極可能就藏在這扇門之後，他實在不想無功而返。

「可以。」縹碧給出了保證，「你可以把這裡的魔法陣想成是門縫處夾著一張紙，一旦門打開，紙就會掉落，就會觸動警報器。而我待會要做的，就是繼續營造出紙仍在原位的假象。」

「能說得讓三歲小孩聽得懂嗎？」翡翠婉轉地表達出他還是滿頭問號。

「您該多學習魔法的知識了。」斯利斐爾看翡翠的眼神像在看一塊朽木，「意思就是，在您進去的這段時間內，他會負責待在魔法陣裡，充當那張紙，直到您出來。」

經斯利斐爾一說明，翡翠就明白了。

縹碧不再多言，伸手抵上深暗的門板，半透明的指尖宛若穿透水面，滲入進去……霎時，大門上紅紋一閃，一個偌大的魔法陣浮現，從門板上脫離出來，懸浮在半空中。

不只是手，縹碧的整個身子都轉成了模糊的半透明，好似只要一陣大風就能將他吹得丁點不剩。

與此同時，魔法陣的顏色也起了細微的變化，中心處的複雜符紋漸漸染成碧綠。

隨著中央位置的最後一個符紋也被染綠，縹碧冷靜催促。

「就是現在，進去！」

大門的開啓只是刹那，隨著翡翠幾人進入後又無聲無息地關上，沒觸動任何警報。

門後是另一個更爲寬敞的空間，高高低低地堆著無數紙箱，像是兩座起伏的小山，只留下中間一條通道。

讓翡翠來看，這裡感覺更像是……

一間倉庫。

「怎麼……怎會有這麼多箱子？」碧翠絲似乎看傻了眼，脖子仰得都痠了，「爸爸爲什麼會把這麼多箱子放在這裡？禮物，大魔法師的禮物呢？難道藏在其中一個……」

碧翠絲沒了聲音，她順著翡翠注視的方向看過去，臉上露出一抹愣怔。

就在通道最底端的位置，擺放著一個櫃子，櫃裡只陳列一項物品。

那是一個不起眼的罐子。

走近一看，可以瞧見罐子上畫著潦草的愛心圖案，愛心下方還有一串隨性簽名。

翡翠核對過了，都和縹碧說過的特徵一模一樣。

那就是原本用來裝臘肉、後來被伊利葉拿來裝碎星的罐子。

好的，那現在是搶劫呢？搶劫呢？還是搶劫呢？

「恕在下直言。」翡翠想得太用力，一不小心讓斯利斐爾聽見了他腦中的聲音，「您想的都是同一種法子。」

「有辦法不打開罐子，讓我把裡面的碎星直接吸收掉嗎？」翡翠向他的缺頁百科全書尋求解答。

「有，您作夢吧。」斯利斐爾給出了解決辦法。

翡翠捏捏手指，告訴自己這時候鬧內鬨是不明智的行爲。他回頭覷了一眼碧翠絲，想確認對方的下一步動作。

斜揹在腰側的包包忽地傳出細微動靜。

「翠翠。」白色的小腦袋從背包裡探出來，瑪瑙揉著眼睛，張口就是可憐兮兮地跟翡翠告狀，「珍珠和珊瑚在裡面一直撞來撞去的……它們欺負我，它們太壞了，不要讓它們太早出來。」

包包內的兩顆金蛋本來安安靜靜的，一聽見瑪瑙這般抹黑，登時脾氣也上來了。

欺負？我們出來後就讓你這個臭小孩知道「欺負」兩字怎麼寫！

換作平時，翡翠就要陷入「崽崽們吵起來，該怎麼處理才能都安撫好」的難題，但眼下時機不對。

「瑪瑙乖，先進包包裡。」翡翠冷靜地將那顆小腦袋輕輕壓回去，再冷靜地向面前的紅髮少女提出發自靈魂深處的疑問，「碧翠絲，或者該稱呼妳是某某小姐……妳能不能告訴我，爲什麼妳的臉開始融化了？」

被冷硬石磚包圍的地牢裡，如今成了一片狼藉。

透明藍的冰稜覆蓋在地面、牆壁，以及天花板，鐵欄杆上也被眾多尖細冰刺包裹。

明明是燠熱的秋夜，這處空間的溫度卻低得讓人想直搓手臂，好爲身體帶來熱意。

就連張嘴說話，吐出的都是一小團霜白色霧氣。

彷彿冬天提早降臨在此處。

「兔兔好冷，兔兔要死掉了……救命，救兔啊……」思賓瑟躺在冰霜中，可憐兮兮地發出求救聲。

「妳體內都是棉花，哪裡冷了？」路那利冷笑一聲，扔開碎了部分的法杖，自己找了個沒被冰住的角落坐下。他的臉色比霜雪還要白，好似最後一絲血色都從臉上褪去。

畢竟一個多月前，他的胸口曾被人開了一個洞。就算傷勢如今已經痊癒，但目前狀況還是比不上全盛期，大幅使用魔力依舊為身體帶來不小負擔。

「對耶，兔子小姐根本就感受不到溫度嘛！」思賓瑟一躍而起，轉眼又變得生龍活虎。

它雙手揹後，如同巡視戰利品般繞著地上的眾多木塊木屑——這些東西的前身就是隨著柯菈一塊過來的三個木頭人偶。

至於柯菈，她一動也不動地倒在欄杆旁，像沒了氣息。

在水之魔女和咒殺玩偶聯手下，三個木頭人偶和一名操偶師被他們打得節節敗退，絲毫沒有因數量而佔到優勢。

路那利沒有奪走柯菈的生命。

神厄要的是活著的噬心者，死人的價值會大大降低。

況且，翡翠他們也需要一個活人來作證。

路那利隨意一抬手，地牢裡的冰霜連同他的法杖，一併消退得無影無蹤，只有幾灘水漬證明了存在過的事實。

他的視線落在柯菈身上，越看，眉宇越不自覺地皺起。

「怎麼了？你怎麼一直盯著那個女孩子看？」思賓瑟不解地問，「她頭上也沒突然開出一朵花呀。」

「既然是噬心者的一分子，又是操偶師……可她的實力，有點太弱了。」路那利屈起手指，在膝蓋上點了點。一旦懷疑像顆種子在心底種下，便控制不住地開始生長茁壯，「兔子，去檢查她耳朵後面。」

「眞是的，把兔兔小姐當什麼……淑女可是須要被人呵護，像對待一朵嬌花一樣好好愛惜耶。」思賓瑟嘴上唸唸有詞，還是邁動雙腿跑到柯菈身邊。對方本來就是趴躺著，只要撩開頭髮就能清楚瞧見耳垂。

她的兩隻耳朵後，什麼記號也沒有。

思賓瑟驚訝得兔子耳朵都豎直了，它不死心地用手搓揉柯菈的耳垂，但除了把那兩塊軟肉揉紅之外，依然沒看見任何可疑記號。

思賓瑟的兩隻短手摀上嘴巴，發出響亮的抽氣聲，「沒有！沒有有有有！她不是噬心者！」

路那利神情一冷，立刻起身。

他摸上紅髮少女的臉，沒有發現任何人皮面具的痕跡，也感受不到魔力波動，這說明了對方在臉上施加障眼法的可能性極低。

「好奇怪、好奇怪，兔兔小姐不懂啊……她不是的話，那噬心者會在哪？」思賓瑟揪著耳朵轉圈圈，想不明白他們哪邊找錯了方向，「難道說是那隻大兔子給錯情報？」

思賓瑟口中的大兔子，就是穿著兔耳外套的瑞比．瑞比特。

路那利倒是不懷疑瑞比情報的可靠度。

不是因為他信任瑞比，而是他自己也在神厄待過，知道神厄做事的嚴謹性。

假如情報沒錯，噬心者藏身在城主府，卻又不是眼前的柯菈……那麼他/她會在哪裡？柯菈又是何來歷？

而且，要是柯菈眞的有用障眼法，那就代表她的魔法力量高過自己，才能掩蓋得如此巧妙，讓他毫無所覺。

可這樣一來，就回到了最初的問題。

為什麼柯菈會那麼快就敗在他們手上？

「為什麼你要想那麼多呀？」思賓瑟抬起頭，看著自言自語的路那利，「為什麼你不考慮這就是她本來的臉……等等，兔兔小姐說了什麼！」

思賓瑟雙手摸著臉，露出震驚表情地看向路那利。

路那利沒看向它，而是猛地再次鎖定地上的紅髮少女。

思賓瑟不經意的吐槽反倒突破了盲點。

也許他們根本從一開始，就被誤導了。

「去找小蝴蝶。」路那利拿出即時通訊蟲，果斷往地牢外的方向跑。

「那個女孩子呢？」思賓瑟追在旁邊。

「妳擔心她就留下來。」路那利頭也不回地說。

「不不不，兔兔我才不擔心，我只是基於兔道主義隨口問一下！」思賓瑟才不想繼續待在這，灰色一點都配不上它，起碼要通通漆成粉紅色。

通訊蟲有了反應，牠的背部發光，下一秒就能聽見翡翠的聲音從蟲子腹部透出。這表示翡翠他們還處於通訊蟲能聯絡上的範圍，沒有離此地太遠。

「小蝴蝶。」路那利沒有多廢話，「找個沒人的地方，有事跟你說。」

「你現在就可以直接說。」翡翠那邊似乎有什麼聲響傳來。

路那利以爲翡翠身邊正好無人，「那個柯菈不是噬心者，她的臉也不是假的。你們最好多留意那位城主千金，她恐怕有問題。」

「事實上她的確有問題。」翡翠冷靜地回答，「幫我問思賓瑟一下，當初你們在找噬心者的時候，有去主樓找過嗎？」

路那利把問題重複說了一次，換來思賓瑟茫然的搖頭。

「沒有呀，兔兔小姐不是說時間不夠嗎，所以之前都只在西館活動，還來不及去主樓找呀！」

路那利複述的話聲猶在耳畔迴響，翡翠已俐落掐斷與對方的聯繫，紫水晶般的眸子直視那名臉部出了可怖變化的紅髮少女。

屬於碧翠絲的五官如今就像一團融化奶油，漸漸從那人的臉上掉下……

思賓瑟說，它沒去過主樓。

柯菈說，小姐在主樓撞鬼。

碧翠絲說，撞鬼的是柯菈。

按照一般發展，翡翠應該要耐心地等待那團奶油掉光，看清那人的眞正容貌，然後逼問她整件事的來龍去脈，弄清楚究竟是誰在說謊。

但是，翡翠就愛不按常理出牌。

不等紅髮少女露出眞面目，他轉身就往走道底端拔腿疾奔。

又不是傻了，當然是先搶碎星再說！

而且肯定不會是思賓瑟說謊。

反正現在這個碧翠絲，百分之兩百是敵人就對了！

紅髮少女被這突如其來的發展弄得懵住，幾秒後才驟然反應過來，翡翠要搶的那東西極可能就是大魔法師的禮物！

「禮物是我的！」既然偽裝的面具失去效用，少女也不再隱瞞來此的目的。她從下巴處往上一揭，扯下一張布滿白糊狀物的面具，露出被一道赤紅傷疤橫貫過鼻梁到嘴角的臉。

紅髮少女右手五指大張，宛如彈奏樂曲般在空中快速舞動。細到肉眼難以察覺的多條細線像飛出的箭矢，鎖定的靶心是翡翠空隙大開的後背。可就在下一秒，數道寒光閃爍，所有細線皆在半途遭到攔截，紛紛斷裂飄落地面。

斯利斐爾手持利劍，紅銅色的眼瞳冷酷地倒映出少女愕然的面龐。他就像是一座巍峨大山擋護在翡翠背後，不讓敵人有機會越雷池一步。

「別想妨礙我！」紅髮少女臉上的傷疤受到怒氣影響，顏色頓時跟著加深，像條隨時會遊走起來的鮮紅蜈蚣，垂在腰側的左手不時神經質地抽動幾下。

「妳才是操偶師。」斯利斐爾目光毫無波動，持劍的手亦又沉又穩。

「操偶師」三字一撞進翡翠的腦海裡，那些四散的謎團碎片霎時各自歸位。

所以，他們以為的那位操偶師……

並不是碰巧長得和城主千金一樣，她根本就是城主千金！

她才是眞正的碧翠絲！

在短短時間內，翡翠就拼湊出大致的眞相。

柯菈是一個多月前才來到城主府工作。

她是碧翠絲的貼身侍女，長時間的相處讓她能夠成功模仿碧翠絲的言行舉止，還能從碧翠絲口中得知私人事情，例如城主夫人留下的那條項鍊。

然後在沒有人察覺到的時候，她們調換了身分。

柯菈成了碧翠絲，讓自己身居在受害者的位子上，也成功躲過翡翠他們的懷疑。

碧翠絲則受到操控，成爲了柯菈，更頂替了操偶師的身分。可實際上，她的一舉一動全是依照柯菈的意念，她只是一個被奪走自由、受制於他人的傀儡，表現出來的一切都是依照柯菈的想法演出。

包括翡翠從主樓二樓往下看到的那一幕。

那是柯菈故意的，她就是要營造出「假柯菈」充滿疑點的假象。

柯菈的布局堪稱完美，只有在細節的地方才流露出一絲違和感。

她吃不慣馥曼食物，她沒有在第一時間認出甜心花。

只是她一手推出的替身太有迷惑性，讓人把注意力都放在了「眞碧翠絲」身上。

饒是翡翠心思敏捷，當下也只覺得彷彿有哪裡不對勁，卻來不及捕捉到那份異常的源頭。

但現在，那些不對勁都有了答案。

「妳才是柯菈，妳讓碧翠絲當妳的替身！而且妳根本就沒有同夥，妳只是想要我們快點幫妳找到禮物的眞正位置！」

就算是高聲揭穿柯菈的企圖，翡翠依舊是頭也不回地繼續往前跑，眼看距離櫃上的罐子就只剩下不到十步的距離。

「你說對了！柯菈沒有同夥，柯菈從一開始，就一直跟著你們啊！」柯菈咧開凶猛的笑容，臉上的深紅疤痕看起來更加駭人，「禮物是我的！木妖精，你也會是我的！」

七步，六步……

柯菈的左手又一次抽動，早已在暗中蓄勢待發的細線猝然拉起地面一塊石板，越過斯利斐爾的防守，挾帶凌厲風勢朝前方呼嘯飛出。

三步，兩步……

一步！

翡翠猛地躍起，奮力伸長手臂，一把抓住架上的罐子，卻無暇留意到後方動靜。眼看石板就要砸上沒有防備的綠髮青年。

說時遲、那時快，斯利斐爾的身影從柯菈面前消失。

柯菈瞳孔收縮，難以相信一個大活人居然能平空消失，可事實就發生在自己眼前。

難道說，是利用空間魔法？

那傢伙也是個魔法師!?

抱住罐子的翡翠只來得及聽見斯利斐爾的聲音在意識裡冒出。

「恕在下失禮了。」

接著他的身體就被斯利斐爾強行接管，及時做出了閃躲動作。雖然在千鈞一髮之際避開了厚重的石板，身子卻還是無可避免地撞上了堆立在旁的紙箱。

遭到衝撞的紙箱山帶出一陣晃動，一路從最底端影響到最上層，箱子登時要墜不墜地掛在邊緣。

斯利斐爾只接管了短短片刻，待翡翠一解除危機，馬上將支配權還給對方。

翡翠瞳孔邊緣的一圈鮮紅隱沒，他重新感受到手腳又能任憑自己操控，連忙低頭看向懷裡。

罐子上出現清晰的裂紋，尤其以底部最顯眼。

柯菈錯愕地看見斯利斐爾再度出現於翡翠身旁，全然猜不透他剛才究竟是消失至何處，又是為了什麼目的。

她怎樣也不會想到，翡翠能夠驚險地避開攻擊，全是斯利斐爾的功勞。

可這份困惑很快就被柯菈扔開，她的注意力全被翡翠的動作牢牢攫住。

她看見翡翠扳開蓋子，打算把罐子內的東西倒出來。她不自覺地屏住呼吸，甚至有一縷答案即將揭曉的緊張。

兩百年前，大魔法師伊利葉贈送給霍夫曼家族的禮物，就要公開在……

柯菈貪婪的目光霍然轉成不敢置信。

罐子裡什麼也沒掉出來。

「不可能！一定是你倒的角度不對！」柯菈大叫，「把罐子給我，換我來！」

翡翠連一記「妳智障嗎」的眼神都不想分出去。他晃了晃罐子，確定沒聽見任何聲響後，毫不猶豫地將罐子直接往地上一砸。

地板上除了大大小小的碎片之外，什麼也沒有。

那個罐子是空的。

與此同時，頂端搖搖欲墜的紙箱終於失去平衡，猛地自上方翻下，差點砸到了地上的翡翠。

嘩啦嘩啦的聲音在翡翠耳邊響起，他反射性抬起頭，映入眼中的是滾落在地的——星星。

不只翡翠，就連柯菈也爲眼前的畫面愣住，連帶所有人偶跟著停下攻勢。

數十顆拳頭大的星星散落在在場三人的視野內，剔透中泛著美麗的銀白色，顆顆都是稜角分明，在光線下折閃出柔和的點點光輝。

翡翠眼睛睜大，手指也控制不住伸了出去。星星大得幾乎讓他一手無法握住，他聞了聞，忍不住舔了一口。

「您在做什麼？」斯利斐爾森冷地斥責，「三歲小孩都知道不能隨便撿地上的東西亂吃了。」

「但這個……是糖啊。」翡翠咂咂嘴巴，飽含馥曼靈魂的味道甜得讓他整張臉差點皺起。

「糖!?」過度震驚讓柯菈聲音變得尖銳，她簡直難以置信自己所看到的。

馥曼城主當寶貝藏起來的，只不過是一堆……糖？

這太荒謬了！

她進入城主府，忍耐著這裡難吃至極的食物，當上那個愚蠢小姐的貼身侍女，然後取而代之，這一切都是爲了獲得大魔法師的禮物。

她還故意謊稱自己撞鬼，讓霍夫曼去找冒險獵人過來，就是要確保之後能有人負責揹黑鍋，當她的替死鬼。

但是她付出那麼多，結果到頭來，找到的卻是一堆可笑又毫無價值的糖果。

「什麼叫只不過？把糖當寶貝有哪裡錯了？」翡翠見不得有人侮辱食物的美好，「我都把鬆餅當我的大寶貝了！」

被當大寶貝的斯利斐爾一臉冷漠，內心沒有任何波動。

隨著翡翠鏗鏘有力的宣告砸下，一道已經稱得上熟悉的無機質聲音驟然冒出，不帶起伏地在他與斯利斐爾的意識中。

「任務發布，請在三小時之內，吸收完所有星星裡的能量。」

翡翠一愣，爲什麼星星會有能量？

等等……

碎星在城主府。

而這些被放置在城主府地下空間的星星裡面有能量。

電光石火間，一個令人匪夷所思的猜想躍出翡翠腦海。

碎星早被磨成粉，然後全加進這些星星裡了!?

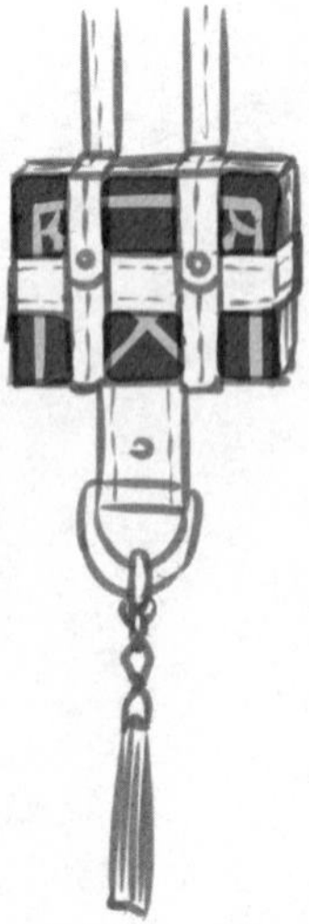

☆鬱金的書☆

充滿濃濃魔法味道的書皮，
但實際內容是什麼，至今無人知曉，
號稱馥曼的七大不可思議之一！

第13章

問，在什麼樣的情況下，有人會把眞神的力量碎片磨成粉，加入糖果裡？

答，那人有病吧！

將冒出的第一個想法按下，翡翠腦內高速運轉。

霍夫曼鐵定不知道自己收的禮物叫作碎星，依常理推斷，他也不會去損毀來自一位大人物贈送的東西。

他會把碎星加進糖果的前提，最可能就是收到的碎星已經是粉狀，然後有什麼因素讓他誤認爲那是砂糖。

結案了，凶手只有一個——那個掛了兩百年的大魔法師，伊利葉！

一旦涉及吃的方面，翡翠動起腦筋就格外靈活，不過須臾之間就推測出可能性最高的答案。

換句話說，伊利葉沒有多此一舉的話，前一刻發布的世界任務也不會是吸收完全部的星星……

嗯嗯嗯？全部？翡翠慢一拍地發現到一個恐怖事實，頓時控制不住表情變化，一臉震撼地仰頭看向了兩側的紙箱山。

意思是，要讓他吃完這些星星糖嗎！

他想起來了，第一天碰到的那對賣花小兄妹曾說過，馥曼城主在慶典當天會發送特別的糖果。從數量上來看，估計就是這些箱子裡的星星糖了。

然而就算他再怎麼熱愛美食，要他吃完這麼多星星……

「斯利斐爾，我選擇……」翡翠差點又習慣性地說出「死亡」兩字。可只要一想到瑪瑙他們，那個字眼瞬間自動消失在舌尖上。

他已經不想再死去一次了，他想要好好地留在這世界，和瑪瑙他們一起。

「我選擇放棄這任務。」翡翠神情嚴肅地說，「可以吧。」

「您想聽在下的假話還是真心話。」斯利斐爾說。

「小孩才做選擇，都來。」

「在下相信您可以做到，以及……」斯利斐爾揪住翡翠的後領，將他從地上一把提起，「您做不到也得做。」

「你這是強人……」

「對，在下就是強人所難。」斯利斐爾無情地把翡翠往其中一邊的紙箱山丟過去，手上再度浮現鋒銳長劍，劍尖直指柯菈的方向，「在下會爲您爭取時間。」

「眞是主僕情深啊。」柯菈從白忙一場的打擊中回過神，心裡急速增加的怒焰只想找個地方好好發洩，眼前兩人就是最好的目標。她扯出獰笑，眼裡竄出凶猛殺意，「沒有伊利葉的禮物，那就留下木妖精的心臟。爲了噬心者奉獻，將是你的榮幸，翡翠！」

柯菈十指快速翻飛，更多雪白絲線纏繞在指尖，隨著她的意志在空中靈活舞動，眨眼間就貼上了地上多塊石板。

隨著柯菈的使勁，石板脫離地面，旋即產生詭異的變化。

翡翠驚訝地用力眨動眼睛，確定不是自己眼花，那些立起的石板就像被多隻看不見的大手重新塑造形體。

下一刻，多個石頭人偶便矗立在翡翠與斯利斐爾面前。

它們沒有五官，粗糙的輪廓肖似人形，雙手部分則成爲了尖利的石爪。

「對付你同伴的人偶不過是最低等的。現在，你們可以體會一下高階操偶師的實力！」柯菈指間的絲線盪出劇烈弧度，石人偶登時隨著她的命令展開行動。

三個人偶對上斯利斐爾，另外兩個邁開大步，迅速朝攀爬上紙箱山的翡翠接近。石人偶速度敏捷，快得不可思議，幾個縱跳間已大幅縮短和翡翠的距離。

翡翠一扭頭馬上將紙箱大力踢向一個人偶，突然的衝擊力道讓石人偶朝後摔下。背包裡傳來騷動，翡翠急忙把袋蓋壓得死緊，說什麼也不想讓小精靈捲入危險中。

「瑪瑙別出來，乖乖待在裡面！」翡翠的語氣是罕見的嚴厲，一時喝止住了瑪瑙的動作。

跌落至地面的人偶很快站起，本體是石頭的它壓根不會感到疼痛，隨即又和同伴持續逼向翡翠。

翡翠停下攀爬的動作，吐出長長的一口氣，然後二話不說地縱身躍下，闖入了斯利斐爾和石人偶的戰場中。

比起一邊顧忌敵人，一邊想辦法吃糖，還不如一口氣擊倒敵人，再來吃光那些星星糖比較沒有壓力。

前提是他真的有辦法吃光。

……不，用他心愛的絕世美鬆餅發誓，根本不可能嘛！

「雖然不知道您在想什麼，但請停止您此刻的想像。還有，您這次又沒帶腦子在脖子上了嗎？」斯利斐爾看也不看翡翠一眼，長劍粗暴地砍向一個石人偶。

「一直都在，從來沒遺失過。連腦子都沒有的傢伙恐怕無法體會這種感受。」翡翠抽出雙生杖，迷你法杖轉瞬變化爲兩柄碧色長刀。

「翡翠你願意自投羅網，我真是太高興了。」柯菈將右手上的細線移轉至左手上，空出的右手朝虛空挽了個手勢，新一批白線纏繞住指節，線的末端飛射出去，再次掀起地板上鋪列的石板。

更多石人偶一個個成形。

連同之前的兩個人偶一塊加入追擊行列。

在堆滿紙箱的偌大空間中，翡翠兩人被石人偶團團包圍。

「一、二、三……九。」翡翠掃了一眼，就把石人偶的數量確認完畢，「斯利斐爾，我們一人各負責四點五個。」

斯利斐爾不想應和，天知道四點五個要怎麼算，他帶的精靈王果然是個智障。

「別客氣，我再多送你們一個，剛好讓你們湊整數，誰也不用爭。」柯菈笑容放大，臉上疤痕隨著她的表情顯得越發猙獰。

話語甫落下，她的指尖再次挑動，一條細線射出，一塊石板彈起，幾個眨眼就重新被賦予全新形體。

隨著石人偶成形，黏在它身上的絲線也消失了，只餘柯菈手指上的那一小截，想砍斷人偶與操偶師之間的連繫，必須先接近操偶師才行。

柯菈愉悅地見到綠髮青年露出了吃驚，「高階操偶師的力量可遠遠超出你的想像，如果你把我看輕了，那麼我會相當煩惱。畢竟這樣，就沒辦法看見你露出恐懼無措的表情了。」

「就算妳這麼自吹自誇，但高階操偶師要是眞有那麼厲害，就不會只有碧翠絲被操控了。」翡翠確實驚訝操偶師的實力，但同時也沒有忽略柯菈至今連串行為中的破綻，「妳要下手，也該是針對霍夫曼才對，但妳卻沒這麼做，反倒是以碧翠絲爲目標。這說明了一件事，在操控人，或者說活物方面，妳的能力有某種限制。」

「那又如何？只要吃了妖精的心臟，我就可以從高階操偶師成爲至高操偶師。到時候別說是活人，我大可以讓我的人偶活過來，讓它與人類無異！」等在不遠處的美好未來令柯菈體內湧起甜美的顫慄。

十隻石人偶齊齊朝翡翠與斯利斐爾發動攻勢。

在柯菈的命令下，它們的目標只有一個——殺了銀髮男人，活抓綠髮青年。

翡翠和斯利斐爾的武器雖然鋒利，但碰上的是堅硬石頭，殺傷力登時被削弱不少。往往只能逼退人偶，卻難以一擊帶給對方致命傷害。

柯菈的十指在空中激昂揮舞，彷如在彈奏一首快節奏的磅礴曲子。

石人偶隨著她的手指攻擊、攻擊、再攻擊。

沒有感覺也沒有意志的人偶不懂得何謂退縮。

翡翠咂下舌，心裡清楚假如不一口氣鏟除源頭，這些石頭人偶就算被擊倒也會一再爬起。

只是不突破重圍，也接近不了躲在安全處的操偶師。

下一秒，熟悉的聲音入侵意識，有如水滴墜入平靜池面，激出一圈圈漣漪。

「前面兩個，三十五度斜角，砍掉它們的頭。」

翡翠雙刀往外一揮，刀鋒陷入石人偶的頸項之中，擋下了來自前方的兩波襲擊。扼止住敵方動作後，他敏捷地翻身跳起，雙刀消失，再出現於他的掌中。

握住刀柄，他反手就往被砍出裂口的石人偶脖子另一邊俐落斬擊，不偏不倚的三十五度斜角。

兩道裂口成功相連，石人偶的腦袋從脖子上掉了下來。

失去腦袋的石人偶重重倒下，砸出悶響，卻沒有再次站起。

翡翠當下反應過來，這一砍還砍掉了操偶師的線！

柯菈的絲線實際上沒有完全消隱，除了她手指前的那一小截，石人偶身上也保留部分。但必須花費極大精力專心察看，才有可能捕捉到那細微的線光閃爍。

翡翠無暇分心察看，可斯利斐爾不一樣。

他有如一台精準的機器，一心多用對他來說從不是難事。

翡翠朝斯利斐爾眨眨眼，決定事情過後就請對方吃鬆餅，讓他感受同類的美妙。

有了前面成功的例子，後面就簡單多了。

柯菈沒多久就驚覺不對勁，翡翠他們破壞的位置太精準了，毫無例外都是自己絲線與人偶的連接處。

只要引線一斷，她對人偶自然也失去了掌控。

柯菈眉眼躍上森寒，她要讓翡翠兩人知道，操偶師可以操縱的東西遠遠大於他們的想像，就連掉落在地上的石片，也能成爲她手中的提線石偶。

食指長的石片成爲不起眼的暗器，夾雜在石人偶的攻勢中，冷不防地發出偷襲。

翡翠一時閃躲不及，讓自己的手臂上留下一道長長傷口。

一聞到空氣中的血腥氣味，瑪瑙再也待不住，即使翡翠的交代言猶在耳，他仍是急切地鑽出背包，第一眼撞見的就是一抹刺目血色。

瑪瑙的腦海出現剎那空白。

他撲了上去，緊緊抱住翡翠的手臂，好似沒看見自己的衣袍被血污迅速染紅。豆大的淚珠從眼眶內滾落下來，一滴、兩滴、三滴……

明明受傷的時候還沒多大感覺，但小精靈的眼淚彷彿比火焰還灼燙，熱度從翡翠被抱住的地方一路鑽到心頭。

翡翠想趕緊把瑪瑙捧起來，那落下的淚水好似在發光，宛若閃耀的珍珠，看得他心疼萬分。

「斯利斐爾！」翡翠果斷往後退，讓斯利斐爾先替自己短暫掩護。

「瑪瑙，聽我的話，先回去……」翡翠勸阻的話還沒說完，就被瑪瑙猛烈搖頭打斷。

「不回去，陪翠翠！」瑪瑙臉上帶淚，滴下的眼淚眞的泛起白光。

翡翠驚訝地張大眼。

不對，是瑪瑙的全身都在發光。

柔和的珍珠白光澤以瑪瑙爲中心朝外擴散，覆蓋住翡翠受傷的手臂。

翡翠清晰地感受到一股溫和涼意拂過皮膚，像春天微風吹過，帶走了先前的刺痛。

僅僅眨眼間，翡翠的手臂就完好如初，包括滲出的大片血漬也一併消失，乾乾淨淨得像什麼也不曾發生過。

目睹此景的柯菈不由得呆愣數秒，可一顆心是越跳越快，在胸腔裡激動作響。

即使因為距離關係，沒聽見咒語的喃誦聲，但展現在眼前的一切，無一不指向一個事實。

「那是……治癒魔法！年紀還那麼小居然就能使用治癒魔法！」柯菈掩不住狂熱之色，「把那隻掌心妖精的心臟也一併給我！」

翡翠的答覆是回敬了一個法法依特大陸上最粗俗的手勢。

大概意思和用生殖器官問候別人家祖宗十八代差不多。

柯菈果然被激怒了，新一輪白線出現在她的手指之間。

但還沒等她召出新人偶、彈奏出新的樂章，反倒是翡翠這邊先出了意料外的狀況。

翡翠剛要把瑪瑙放回背包，沒想到裡頭的兩顆金蛋會在這時候趁其不備，飛也似地竄跳出來。它們動作滑溜，快得讓翡翠來不及一把撈住。

「珍珠、珊瑚！」

金蛋幾個翻滾來到無人理會的星星糖附近。

它們蹦跳得老高，緊接著對準地上的星星開始一陣暴力猛砸，把完好的結晶狀星星砸成了碎末。

這突然的一幕讓翡翠幾人看傻了眼，壓根不明白兩顆金蛋在做什麼。

可下一秒，碎成一地的星星糖中起了異樣。

星子般的銀白輝芒從地上碎片中飄飛出來。

似曾相識的能量波動讓翡翠猛然意會過來，即刻看向斯利斐爾。

斯利斐爾的動作更快，他無預警抓住翡翠的手腕，將翡翠的手往那些輝芒中送去。

發光粒子一口氣全往翡翠體內流入，四肢百骸如同被溫暖的水流沖刷過，他能夠明確地感受到大量的魔力往魔力槽位置集中。

是碎星，是眞神的力量。

「珍珠、珊瑚回來！」翡翠的長刀變幻爲木頭法杖，往前一勾，俐落地把兩顆金蛋從遠處一把撈回，抱進懷裡。

見狀，瑪瑙用最快速度爬上了翡翠的胸前口袋，牢牢佔據那個位置不放。

「斯利斐爾，我需要攻擊力更大範圍的魔法。」翡翠在腦內和斯利斐爾溝通。

兩顆金蛋再怎麼賣力，也不可能短時間內就把這儲藏空間的星星糖全部砸個粉碎。

況且翡翠也捨不得讓它們那麼勞累。

「碎星就算是碎片，肯定也比晶幣的能量要多。把這裡的星星全打碎，你有辦法的對吧，我的身體隨便你拿去用。」

「依您所願。」話音方落，斯利斐爾的身影從凝實到消隱，不過彈指瞬間。

又消失了！柯菈錯愕地看著先前還站著人、如今卻空無一人的位置。她急忙東張西望，試圖搜尋那名銀髮男人的行蹤，可依舊一無所獲。

柯菈只能再把目光轉向翡翠，她沒發現對方的紫色瞳孔邊緣已染上一圈鮮紅，好似紅寶石中鑲嵌著紫水晶。

但她卻清楚留意到翡翠雙腳下驀地碧光一閃，多片光紋以那為中心點，起初像繁花開綻，接著更多碧綠光紋浮現，一瓣瓣地朝外擴展再擴展，像是潮水的波紋一口氣侵佔陸地。

柯菈反射性往後連退，但仍是快不過碧光的速度。

不過一剎那，整片地板都被半月形的光紋佔據。

柯菈看到那名綠髮青年握著法杖一擊地，碧光跟著大熾。

褪去鮮活情感的冰冷聲音旋即在這廣大空間響起。

「風系第二級中階魔法——狂嵐裂陣。」

就像水滴墜入了滾燙的油鍋，瞬間激起劇烈的反應，平靜的空氣登時被撕碎殆盡。

無數淡綠氣流從地面直衝而起，彼此交纏捲繞，化成一束束龍捲，將所有能見到的箱子全部撕扯絞碎。

猛烈的漩渦狀氣流在亮起的光紋上疾速轉動，精準地繞開了翡翠和柯菈佇立之處。

在翡翠看來，這些龍捲就和大型果汁機差不多。要是柯菈被捲進去，勢必碎肉齊飛，鮮血噴濺。

他可不想在一片血肉模糊中吸取碎星的能量。

柯菈的雙腳像被釘住，汗水從她的額角和後背淌下，一股寒意自腳底板竄向了腦門。眼前的龍捲風暴讓她明白這時候要是隨意一動，很可能被撕碎的就是自己。

可同時，她也感到難以言喻的狂喜在沸騰，一團熾熱盤踞在她的心口處。

她緊緊盯著翡翠，恨不得視線能穿透他的胸口，透視他的心臟，那絕對絕對會是最美味、最奢侈的珍饈。

如此強大，超出想像。

閃閃發光的砂糖結晶從天而降，像是墜入凡間的滿天星星，空氣瀰漫著濃濃甜味。

翡翠的法杖再次敲擊地面，截然不同的色彩從底端湧出，紅綠白三色飛快纏上同時變得光滑的杖身。

乍看之下，握在翡翠手中的法杖有如一根巨大鮮艷的枴杖糖。

如果不是自己正在翡翠體內，斯利斐爾當下只想給予對方冷漠鄙視的眼神。

「你不懂，這叫儀式感，用枴杖糖會更有感覺。」翡翠在大腦中振振有詞地說，對外則是舉高法杖。

混雜在糖晶中的大量發光粒子頓時像受到無形的吸引，一窩蜂地朝翡翠所在方向飛來。

它們交會在一起，又在接近翡翠的時候猝然分散成三股，灌注到瑪瑙和兩顆金蛋的體內。

而在柯菈眼中看來，只見到所有光點包圍在翡翠周邊，讓他成了一個巨大光團，然後光芒再逐一消滅。

世界意志的聲音平靜無波地在翡翠的大腦中出現。

「確認，能量沒獲得。宣告，法法依特大陸距離毀滅——尚餘一百八十八天。」

翡翠馬上察覺到不對勁，「慢著，爲什麼天數跟上次聽的一樣？世界意志是不是出BUG了？」

遭到質疑的世界意志直接已讀不回。

「您該注意的是能量沒獲得，它們被您的子民吸收爲養分了。」斯利斐爾沒有錯失光點的行進路線。

「喔，那當然是給小精靈吃飽飽最重要，反正就算天數沒增加，世界末日也不會立刻就來。」翡翠就是如此地雙重標準。

隨著光點消失，柯菈的冷靜也漸漸回籠，她的眼裡仍殘留狂熱的野心，卻終於察覺到翡翠的異常之處。

沒有喃唸咒語、沒有貼上字符……既然如此，他是怎麼使出魔法的？

木妖精眞的有辦法做到這種程度嗎？

那眞的……是妖精族嗎？

「你到底是什麼東西！」柯菈尖銳地逼問。

「你們噬心者眞愛問一樣的問題，我是什麼跟妳無關。」翡翠歪著頭，那張漂亮得不可思議的臉上露出天眞又惡意的微笑，「反正，我也沒打算讓妳活著走出這裡。」

畢竟死人是最不會洩露任何祕密的。

斯利斐爾脫離出翡翠的身體，淡漠的紅眼毫無感情地望著柯菈，就像在看著死物。

柯菈大腦內瘋狂響起警鐘，要她趕緊離開這地方，離那兩名詭異的人遠遠的。

可同時，對力量的迫切渴求讓她紅了眼。

野心像頭不滿足的獸在心底瘋狂咆哮，渴望著那些展現出來的魔法皆爲她所掌握。

柯菈的身體剛一動，翡翠的法杖已幻化成長槍。

但有什麼比他們都還要快一步。

清脆的裂響迴盪在翡翠和柯菈耳邊。

翡翠反射性低頭查看，只見到一顆金蛋破碎，一團小巧火球像顆子彈疾射出去。

隨同烈火高速旋動，火焰底下之物也露出眞面目。

柯菈眼瞳瞠大，倒映在她瞳孔中心的是一名巴掌大人影。

白髮小女孩眉毛鋒利，底下的桃子色眼睛晶亮有神，嘴角向兩側拉開野蠻的笑容；雪白髮梢間夾雜著一縷赤紅，宛如火焰殘留未退。

小女孩將火焰匯集在她交握的雙手處，不斷壓縮再壓縮，最末在併攏的食指尖形成一顆子彈。

火炎塑成的子彈高速撞進柯菈胸口，她甚至還來不及意識到自身的狀況，驚人的火勢已爆發出來，瞬間將她焚燒成灰燼。

噴薄的火焰沒有即刻消退，飛散的碎火挾帶高溫反往翡翠方向衝來。斯利斐爾的指尖即刻探進翡翠皮膚底下，但防禦法陣畫不出來。

翡翠的魔力在剛剛就被掏空了。

說時遲、那時快，一顆淺色的碩大光球將翡翠等人包裹在裡面，成爲一道堅固的屏障，徹底隔絕了飛來的傷害。

翡翠懷中的另一顆金蛋不知何時也破裂了，迷你的白髮小人坐在蛋殼中。直順長髮披散在肩側，中間摻雜著一綹深藍，她小手抬起，掌心前有著小小的發光魔法陣。

她仰起小臉蛋，對著驚詫的翡翠微彎嘴角，形成一個不甚明顯的微笑，她的膚色缺

了幾分血氣，偏向蒼白，把一雙藍眼睛映得更爲深邃。

「我是珍珠。終於見到你了，吾王。」

第14章

撞上光壁的碎焰紛紛墜落，將地上的糖果碎片融成晶亮的液體。

直到危險解除，防護用的光球才整個隱沒。

翡翠鼻尖動了動，烤焦糖的味道聞起來有夠香，但比起食物香氣，有更重要的事情抓住了他的注意力。

他低頭看看臂彎中的小精靈，再看看踩在一地灰燼上的另一名小精靈，醞釀已久的兩個名字終於從唇間滑出，帶點茫然的意味。

「珊瑚？珍珠？」

「珊瑚是我，是我我我！我是不是很厲害？誇我、誇我！」珊瑚眼睛一亮，像顆小炮彈衝了過來。

「妳好厲害啊。」坐在蛋殼裡的珍珠慢悠悠地拍著手，連說話也是慢吞吞的，「厲害到差點連翠翠都燒了。」

珊瑚緊急煞車，雙手揹後，眼神略帶心虛地瞥向一邊，「珊瑚我不知道妳在說什麼。」

「在說妳……」珍珠的說話還是慢慢的。

「笨！」一個強而有力的音節落下。

珊瑚馬上扭過頭，桃子色的眼睛凶惡瞇起，在珍珠和瑪瑙之間打量。

瑪瑙一派無辜，彷彿剛剛不是他開口說話。

即使腦內還是一團混亂，翡翠的身體率先有了動作，他慢慢坐下來，好讓珊瑚可以直接撲到他的大腿上。

珊瑚盯上了翡翠胸前的口袋，那裡在她看來就是最尊貴的席位。她摩拳擦掌，似乎隨時想蹦跳上去。

瑪瑙轉過身，留下一個後腦勺對著自己的同伴，全身上下都散發出「後來的滾開，這是我的位置」的冷酷氣息。

「真的假的？」翡翠仰頭看向斯利斐爾，不確定地問道：「都孵出來了？」

「在下相信您的眼睛沒瞎。」斯利斐爾維持一貫的毒舌，嘴角卻噙著淡淡的笑意，就連紅眸底的冷峭也消退些許，「然而還是要恭喜您，您的王國終於又有新子民了。」

正當翡翠處於有些難以置信又有些飄飄然的狀態之際，密閉的倉庫大門霍地被人從外暴力打開。

一隻兔子玩偶風風火火地衝進來。

「兔兔小姐來救你們了！不要怕，只要有冰雪聰明又強大的兔兔在，就什麼也……」

眼前的畫面讓思賓瑟猛地想煞住腳步，但一時煞車不及，導致身子因慣性往前撲倒，被後面趕來的路那利踩了過去。

「內臟！我的……內臟要……出來了……」思賓瑟顫顫地舉起手，又重重放下。

路那利壓根沒發現自己踩在思賓瑟背上，就算發現了也不在意。他怔立原地，那張慘白但依舊精緻的面孔罕見地露出呆滯的表情，似乎不明白眼下的情況。

「翡翠，你們裡面在搞什麼？動靜大到外面的法陣都受到波及了，這下有我沒我都阻止不了警報……噢。」縹碧是最後飄進來的，一入內就嗅到揮之不去的甜膩糖香。

他的雙眼雖然被紅布蒙住，但不妨礙他視物。

他能「看到」翡翠坐在滿地晶瑩剔透的糖晶和糖液之中，金黃的蛋殼四碎在地面，三個巴掌大的小人或坐或站地待在翡翠身上。

縹碧看看蛋殼，看看三名掌心妖精，最末再看向翡翠，心裡的詫異再也憋不住。

「你……生了？」

✣✣✣

霍夫曼覺得自己作了一個不錯的美夢。

他夢到兩百週年紀念慶典完美落幕，大魔法師的禮物順利發送出去，所有城民都為他的大方歡欣鼓舞；小孩臉上露出快樂的笑容，手裡都拿著一顆漂亮又好吃的星星糖。

好吃是肯定的，那可是注入了馥曼的靈魂，又加入了大魔法師贈送的禮物。

禮物當初是送給他的曾曾祖父。

由於送禮的人是那位聞名全大陸的大魔法師伊利葉，家族長輩們決定把它當成傳家之寶。

一代傳一代，最後傳到了他的手上。

對霍夫曼來說，禮物就是要打開來看，然後拿出來使用，這才叫不辜負送禮人的心意。

可是從他的曾曾祖父到他父親，對這份禮物簡直是恭敬過了頭。那個罐子連開都沒開過，甚至連大魔法師送的內容物是什麼都不知道。

一等到自己接手了這份傳家寶，霍夫曼馬上打開罐子。他都做好也許會看見什麼腐壞之物的心理準備，沒想到看見的是一堆雪白的結晶顆粒。

還有蜂蜜般香甜的氣味飄出來。

這美妙的香氣、完美的結晶，還有罐子外面畫的愛心……

霍夫曼豁然開朗，瞬間領悟到禮物的眞面目。

沒錯，這是砂糖，還是由甜心花製作出的砂糖！

那顆愛心就是最大的暗示！

既然是砂糖，那更是要拿來利用。

身爲一個爲民著想的好城主，霍夫曼決定要將這份禮物和他的城民們分享。

糖嘛，當然是用來加工成甜食最適合不過了。

星星糖就是不錯的選擇，一顆星星裡只要加入一、兩粒大魔法師之糖就好，如此一來就能製作出大量星星糖。

不過如果輕易地分送出去，城民們恐怕不能理解這禮物的貴重之處。因此事前宣傳很重要，活動和廣告都得準備起來才行。

這才有了紀念慶典的存在。

會選定兩百週年發放禮物，則是這個數字正好湊足了整數，好記又漂亮。比起一百八十七年或一百九十八年紀念之類的，更是順耳許多。

爲了避免消息提早曝光，星星糖的製作相當隱密，就連存放的地方也只有他和幾個心腹知道。

霍夫曼還特地找了一位熟識的魔法師過來，替地下倉庫施加守護用的陣法。

兩百週年慶典舉辦得相當成功，城主府鬧鬼的事也順利解決，碧翠絲也不再堅持要吃那些沒有馥曼靈魂的食物，恢復了昔日的飲食習慣。

所有事情都朝向好的一面發展。

這令霍夫曼忍不住在夢裡開懷大笑。

笑著笑著，他就醒過來了。

剛張開眼睛，霍夫曼還沒反應過來自己在哪裡，表情有些怔懵。

一直緊守在旁的管家哈根最先注意到霍夫曼的甦醒，登時激動地喊了出來。

「城主大人！城主大人您總算醒過來了！醫生，快過來幫大人看看！」

霍夫曼茫然地轉動著眼珠子，目光從天花板移到床邊，隨後整個身子猛烈震動了下，氣急敗壞的怒吼迴盪在房間裡面。

「太醜了！把你們的醜臉都遮起來，簡直讓人無法忍受！」

他的聲音宏亮，讓房裡幾名僕人差點喜極而泣。

他們的城主大人終於醒過來了，幸好他安然無事，就連罵人的音量都和往常一樣充滿精神。

可緊接著，他們就發現到大事不妙。

他們是在大半夜突然被吵醒的，匆忙之際自然忘記戴上面具。

爲免讓城主大人氣到又暈過去，他們只好全轉過身，不讓自己的臉進入對方的視野之中。

霍夫曼深呼吸幾次，揉著抽痛的太陽穴，緩慢地從床鋪上坐直身子。

「城主大人，請讓我替您檢查一下身體狀況。」家庭醫生沒辦法背對著人做事，只好抬手遮住自己的臉，朝霍夫曼床邊挪近。

霍夫曼也知道醫生單手很難做事，他乾脆閉上眼，「你趕緊看一看，看完跟我說。哈根，你負責跟我說明現在是什麼情況。」

管家哈根就是對地下倉庫知情的一人。

他愁眉苦臉地嘆口氣，想到之前府裡發生的事，忍不住摸摸頭髮，覺得自己的白頭髮又要冒出好幾根了。

誰能想得到不過是一夜之間，府裡竟然會發生這麼多事？

小姐早被柯菈頂替好一陣子，柯菈對大魔法師的禮物心懷不軌，事情還牽扯到那幾個冒險獵人身上。

霍夫曼越聽越不敢置信，尤其在得知這段時間以來，自己的寶貝女兒居然都是由柯菈所假冒，更是怒從中來。

「柯菈呢？柯菈人現在在哪？把她給我帶過來！」霍夫曼用力敲打床鋪，怒不可遏地喊。

「柯菈她……」哈根正爲難著該怎麼說明詳情，房門忽地被人從外打開。

一條人影衝了進來，後面追著兩名慌張的女僕。

「爸爸！」碧翠絲紅著眼眶撲至床邊，一瞧見霍夫曼確實毫髮無傷，提得高高的一顆心頓時放下，同時眼淚也不由自主地滑落臉頰，「幸好你沒事……幸好你沒事……」

「這句話是爸爸要說的才對。」霍夫曼的心思全放在女兒身上，暫時沒去計較兩名女僕沒戴面具的事，「幸好妳沒出事，不然我眞的沒臉去面對妳媽媽了……」

「是翡翠先生他們救了我的！」碧翠絲只要一回憶起被柯菈操控的那些日子，就覺得不寒而慄。

她眞的沒有想到，柯菈跑來當她的貼身侍女竟是別有所圖。

一開始她和柯菈相處愉快，雖然名義上是主僕，但心裡已忍不住把她當朋友看待，許多心裡事也都跟對方分享。

可就在十天前，她突然失去了自主能力。明明意識和感官都還存在，卻再也無法控制自己的身體，只能眼睜睜看著柯菈成功假冒自己，頂替了城主千金的身分；自己則被戴上面具，成爲眾人眼中的柯菈。

那一段日子簡直就像惡夢一場。

幸好，她終於從惡夢中醒過來。

碧翠絲的淚水越掉越凶。她不敢想像，假如沒有翡翠他們，自己還得被迫成爲柯菈多久？

「爸爸，你一定要謝謝翡翠先生他們。」碧翠絲抹抹眼淚，眼神堅定地望著霍夫曼。

霍夫曼點點頭。姑且不管那群冒險獵人來此地的眞正目的，他們救了自家女兒一事是無庸置疑的。

「哈根！」霍夫曼往背對他的管家喊了一聲，「那幾個冒險獵人呢？他們現在在哪裡？」

哈根心頭一跳，他最怕被問到的事情還是來了。

「那個、這個……他們其實……」哈根面有難色，說話也呑呑吐吐，「翡翠先生他們其實正被關在一間空房裡。」

「什麼!」霍夫曼和碧翠絲大吃一驚。

「哈根叔叔,爲什麼?」碧翠絲焦急追問,「他們是我的救命恩人啊,怎可以……」

哈根心一橫,豁出去地說,「因爲翡翠先生他們把地下倉庫裡的東西全毀了!」

「你再說一次!你說哪裡?」霍夫曼嚴厲逼問。

「地……地下倉庫……」

「全毀了?」

「是,一個也沒剩下!」

霍夫曼倒吸一口氣,臉色鐵青。但他不是只聽信片面之詞的人,他堅持眼見爲憑。

在女兒和管家的陪伴下,他親自走到了用來存放星星糖的地下倉庫,眼神呆滯地看著鋪灑在地面上的大片糖粒,還有一部分凝固成了焦黃糖片。

記憶裡的滿滿紙箱山都化爲烏有。

霍夫曼沉默太久了,久到讓碧翠絲都擔心起來。

「爸爸?爸爸?」碧翠絲喊了幾聲都沒得到回應。

下一秒,那高壯的身軀猝不及防地往前傾倒。

霍夫曼赫然是生生地被氣暈過去了。

✣✣✣

距離兩百週年紀念慶典還有兩天時間。

解決城主府鬧鬼事件和噬心者，連碎星也到手，但翡翠他們依然留在城主府沒有離去。

事實上，他們也沒辦法離去，除非他們想成爲馥曼的通緝犯。

「我辛辛苦苦準備好的禮物全被你們毀了，你們以爲可以拍拍屁股就走人嗎？給我留下來幫忙！」霍夫曼臉色陰沉，「星星糖必須重新連日趕工製作，沒做完之前你們就別想走。還有把你們的面具戴好，看到你們的醜臉只會讓我更生氣！」

不過霍夫曼即使是大發雷霆，也沒苛待他們的伙食，還吩咐廚房多爲他們加菜，這樣吃飽才有力氣做事。

只是這差點苦了翡翠等人，畢竟馥曼食物眞的不是一般人有辦法接受的。

好在有碧翠絲出面，才讓食物裡的糖分降低不少。

雖然還是帶有甜味，但總算不是會甜死人的地步。

為了在慶典前完成所有星星糖，翡翠他們這兩天差不多算是在地下倉庫定居了。

霍夫曼還不至於太過強人所難，製糖還是讓專業人士來，交給翡翠他們做的是包裝和裝箱這種技術性含量不高的工作。

這幾天翡翠他們待在地下倉庫拚命趕工，就算是靈體的縹碧也被抓來當幫手，不准他置身事外。

而三名小精靈在吸收完碎星能量之後，一天內起碼超過二十小時都在睡覺。

照斯利斐爾所說，是他們正在消化能量，等過陣子就會恢復正常，毋須擔心太多。

一群人加一兔沉默地做著手加工。

兔子是被迫沉默的，它的嘴巴被路那利貼了水膜，否則它可以從早到晚講個不停，講到所有人忍無可忍，集體翻桌。

翡翠表面安靜，實際和斯利斐爾進行腦內聊天。

他早就想弄清楚一些事情。

「說好是背景板，不能對這世界的人事物進行干涉……但我看你一路以來干涉得挺多的，你到底能做到哪些事？」

「在下現在只希望能做到一件事，讓您閉嘴安靜。」

「那你現在就能放棄了。我算過了，你可以使用魔法，但得藉由我的魔力。你可以殺退敵人，但仍是以無生命的爲主。你可以瞬間進入我的體內，但距離一拉遠就不行，就像縹碧之塔那次。」

「只要您處於在下的視野之內就行。」斯利斐爾只對最後那句有回應，其他部分都沉默以對。

但這行爲在翡翠看來，無疑是間接地承認他的推論。他點點頭，把這個重點記下，提醒自己以後得多注意和斯利斐爾的距離。

「小蝴蝶，你答應了就不能反悔。」路那利愉悅的聲音倏地進入翡翠耳中。

翡翠回過神，「什麼？我答應什麼了？」

「在地牢裡的時候，我說過會跟你提一個要求。你剛也答應了，以後你的身體保養都要交給我一手打理。」路那利不知何時移到翡翠身邊，他掬起對方垂下的一綹髮絲，艷靡的面容湊得極近，「你看，你的頭髮都出現分岔，指甲的色澤也沒有第一次見面那麼健康，手指摸起來的觸感也稍微粗糙一些。眞是太讓人心疼了，我的小蝴蝶應該要好好被對待才對。」

「我剛剛眞的答應了？」翡翠連忙抽回自己的手。他寧願摸他的是一塊大蛋糕，大鬆餅或大烤雞，也不想被男人抓著手不放。

縹碧、思賓瑟和斯利斐爾一致點頭。

「你怎麼不阻止我？」翡翠急忙用意識戳著斯利斐爾。

「在下認爲這對您沒壞處，您外表的完美雖是與生俱來，但如果有僕役負責打理，可以讓您的美貌更加閃亮。」斯利斐爾淡然地包裝著星星糖。

別以爲我沒聽見你強調「外表」兩個字，而且你把水之魔女稱爲僕役，人家知道你是這麼看他的嗎？

翡翠本來想做出以上吐槽，但想想又覺得太麻煩，最後事情就這麼被默許定下了。

下一剎那，翡翠忽地聽見卡滋卡滋的聲音，他扭頭一看，這才發現思賓瑟的水膜不知何時掉了。它正一邊啃著紅通通的食物，一邊開小差看起桑回寫的《邪佞魔物對我笑》。

「思賓瑟，妳在吃什麼？」翡翠被吸引住視線。

「香蕉辣椒乾，香蕉辣椒是一種辣椒的名字，曬成乾後超級好吃的，不會很辣。」思賓瑟大方地把袋子遞向翡翠，「來一根吧，記得別吃超過三根。」

在吃的方面，翡翠絕對不會跟人客氣。

他先拿了一根辣椒乾試試口味，一口咬下，又酥又脆，鹹辣交織，辣度適中，完全不會嗆鼻嗆喉嚨，還能在咀嚼中品嚐到漸漸擴散出來的香蕉甜味。還沒等到第一根嚥下去，翡翠就迫不及待地抓了一把塞進嘴巴裡。思賓瑟大驚失色，「翡翠，一天內不能吃超過三根啊！超過三根就會噴火的！」

「詳細的症狀是會嘴唇腫得像吃下烈焰紅唇，說話還會噴煙，鼻子會噴火。抱歉，在下忘記先跟您說了。」斯利斐爾的聲音忽地在翡翠腦中浮現，「但您也不須要擔心，那些會傷害您身體的副作用，並不會真的顯現。」

翡翠敢發誓，斯利斐爾根本是故意忘記。

「你這叫馬後炮！」翡翠跟著用意識憤怒回話，可他很快就連回擊的餘力都沒有。

三根以上的香蕉辣椒乾徹底發揮了它的威力。

在這一刻，翡翠深切地體會到，辣原來眞的是一種痛覺。

即使他沒噴煙噴火，但他的喉嚨像吞進一大把燃燒的火焰，痛得他淚水冒出、雙眼通紅，鼻尖也跟著發紅。

「水水水……」翡翠眼眶泛淚地四處找水。

路那利發揮他水之魔女的長處，直接爲翡翠送上冰塊。

他捧著一把冰塊，蹲在翡翠身邊，看著對方將冰塊一顆顆含進嘴裡，眼淚控制不住地直掉，心裡生起詭異的滿足感。

果然，標本就是比不上會動的小蝴蝶。幸好他早先就改變主意，否則也欣賞不到如此美麗的畫面。

多顆冰塊總算緩解了翡翠喉嚨的灼痛，他驚魂未定地看著那包香蕉辣椒乾，再也不敢一天吃超過三根以上。

他摸摸脖子，彷彿還能感受到餘火未滅，依舊有小把火苗在燃燒。

等等……火焰？喉嚨？

翡翠的記憶驀地被觸動，想起鬱金曾經告訴他的占卜結果。

「殺戮的怪物將落下悲傷淚水，火焰會無情燒灼喉嚨。」

後一句對應他眼下的情況太貼切了，那麼第一句說的又是？

「不——」思賓瑟冷不防悲鳴一聲，它氣急敗壞地想把手上的書往地板丟，可猛又想起這是桑回要給翡翠的，只好硬生生收住動作，「太過分了，這對兔子太過分了！」

「不不不！」思賓瑟像是有怒氣發不出來，只能揪著自己的耳朵，在倉庫裡繞起圈圈，「未完待續？怎麼可以未完待續！兔子小姐那麼拚死拚活地看小說，甚至半夜沒睡覺，爲什麼會是沒有結局？我要咒殺桑回．伊斯坦！」

「作者被咒殺掉，就眞的永遠未完待續了喔。」翡翠提醒。

思賓瑟發出響亮的抽噎聲，淚水嘩啦嘩啦流下。

啊……翡翠忽然明白過來，鬱金的另一句占卜是什麼意思了。

眼前的這一幕，不就是殺戮的怪物將落下悲傷淚水嗎？

尾聲

馥曼城的兩百週年紀念慶典在眾所期待中到來。

大清早，「砰砰砰」的敲門聲在小房間外響起，女人催促的聲音夾雜在其中。

「湯瑪士、瑪姬，該起床了！慶典晚點就要開始了！你們不是說要早點去城主府外面排隊，要去拿……」

「糖果！」房裡的兩名小孩幾乎瞬間醒了過來。

他們用最短時間把自己打理完畢，匆匆忙忙地跑到一樓，他們的阿姨已經爲他們準備好麵包了。

「謝謝瑪麗阿姨！」湯瑪士和瑪姬給阿姨一個大大的擁抱，還有一個頰邊吻。

他們家靠近邊郊，慶典當天才趕來參加會太晚。爲了能拿到慶典糖果，他們才借住在瑪麗阿姨家，順便賣糖果花賺點零用錢，這時候的生意總是特別好。

湯瑪士拉著瑪姬的手，和其他小孩一路興沖沖地奔向了城主府。

大魔法師似乎是個很厲害的人，送給城主的禮物應該也很厲害。

但對才七歲的湯瑪士和六歲的瑪姬來說，他們更期待的是據說今年會特別不一樣的糖果。

「不知道會不會再看到那位漂亮的妖精姊姊？希望她也能拿到糖果呢。」瑪姬想到前幾天跟他們買糖果花的綠髮妖精。

「城主喜歡小孩子跟長得好看的人，她一定可以拿到的！」一想起那道美麗身影，湯瑪士忍不住臉紅一下，「她眞的好好看呀……」

這兩名小孩子，正是翡翠初入馥曼城碰見的賣花小兄妹。

爲了能拿到城主今年準備的特別糖果，許多小孩都和湯瑪士他們一樣，一早就跑來城主府外面排隊。

隊伍拉得很長，旁邊有大人幫忙管理，還有城主府的僕人負責分送茶水點心，就怕這群小客人在日頭下太過辛苦。

湯瑪士和瑪姬終於來到隊伍最前面，一看清面前人相貌，不禁吃驚地瞪圓了眼。

負責發送糖果的其中一人，赫然就是他們不久前才提及的綠髮妖精。

翡翠也認出這對小兄妹來了，他朝他們眨眨眼，露出一個俏皮的笑容，並且多塞了兩個星星糖給他們。

作爲當初糖果花的感謝。

湯瑪士和瑪姬開心得臉都紅了。

之後城主站到架好的高台上，宣布大魔法師的禮物就是今日所發出的特製星星糖，更是將整個氣氛推向了高潮。

慶典正式開始。

路邊到處都能見到攤商熱情叫賣，還有免費發送的糖果花，更多人潮湧入。

湯瑪士和瑪姬在城裡瘋玩了大半天。

要不是怕太晚回家會被母親叨唸，他們肯定會待得更晚。

眼見天際逐漸鋪滿艷麗的玫瑰金霞光，他們和瑪麗阿姨告別後，手拉著手，揹著裝有星星糖的包包，踏上了返家的路途。

溫暖的夕陽照在路面上，將兩名小孩的影子拉得斜長。

湯瑪士和瑪姬仍然沉浸在興奮裡，不停說著慶典上碰到的事。

「沒想到還能見到妖精姊姊，太幸運了。回去我要跟媽媽講，我們遇見了……呀，好冰！」冷不防落在肩頭上的冰涼感讓瑪姬瑟縮了下。

「什麼東西好冰？」湯瑪士納悶地問。

瑪姬摸了摸肩側，「剛剛好像有東西滴到上面……」

說著說著，瑪姬下意識仰起頭，一雙眼睛驀地睜得更圓了，她連忙喊了幾聲。

「哥哥、哥哥！」

「怎麼了？」

「天空是不是下雪了？可是那個雪的顏色……好奇怪喔。」

湯瑪士跟著抬高頭，映入瞳孔的是從天而降的點點漆黑。

遠看像是黑色粉末，等落入了湯瑪士張開的掌心中，才發現是黑色的雪花。

「黑色的雪？」湯瑪士困惑地看看手掌，再抬頭看向天空時，順手往褲子上抹了抹，「雪怎麼會是黑色的？」

「被眞神潑到黑色的顏料了嗎？」瑪姬忍不住也張手接住飄下的雪絮。

「笨蛋，怎麼可能啊。」湯瑪士把妹妹的手一把拉下，「別再傻傻不動了，這些雪髒兮兮的，妳也想變成髒兮兮的嗎？快把臉擦一擦。」

「瑪姬才不髒……啊，不能讓糖果也變髒！哥哥快點！」

「所以我剛就這麼說了嘛……嘿嘿，不知道公主會不會喜歡星星糖？」

「哥哥你又想偷偷跑去暗夜族的領地了，媽媽知道一定會罵你的。」

「妳別說出去不就好了？而且我只是把糖果送過去，又不一定能見到公主……快點快點，跑快點！」

兄妹倆將雙手擋在頭頂上，嘻嘻哈哈地往前跑，沒一會就將黑雪拋在了身後。

黑雪靜靜地從天空落下，在無人知道的時候又靜靜停歇。

《我，精靈王，缺錢！04》完

後記

恭喜我們的精靈王終於——生了！

啊不是，是蛋終於全都孵完了www

這次一口氣讓另外兩隻小精靈也露臉，雖然在插圖裡只有珊瑚先出現，不過預定下一集應該就能看到三隻彩色版的小精靈。

作者享有特權，人設先看光光了欸嘿～

不管是瑪瑙、珍珠、珊瑚都可愛到不行，他們三個根本就是由可愛構成的！

第四集裡，翡翠他們的地圖轉移到了馥曼城，在那邊和某位人士再度重逢。

大家還記得第一集裡的水之魔女嗎？

這回他是以同伴的身分加入了翡翠這方，還攜帶了一隻可愛兔兔XD

當初想讓思賓瑟有一位搭檔，立刻就想到了熱愛漂亮衣服和一切美麗事物的路那利。這一人一兔性格看起來天差地遠，但對美的執著是不相上下的，另外他們的心裡也都藏有一份瘋狂。

畢竟是魔女跟咒殺兔嘛。

他們的相處寫起來很有趣，不過有時要收斂點。因爲思賓瑟是隻多話的兔子，如果哪天讓它和卡薩布蘭加同處一室，身邊人大概撐不到十分鐘就會想奪門而出了。

說到卡薩布蘭加，在第三集登場時就已經先想好她背後的身分，不知道大家在馥曼分部看到她出現有沒有感到驚喜？

上集後記提到要去看鬼片，可惜最後還是錯過了，不過我在九月看了另一部片子《粽邪2》。

雖然在粉絲團上已經說過，但這裡還是忍不住想說一次……

《粽邪2》眞的好好看啊！

尤其那個收尾，還和第一集做了銜接，埋了可能有下一集的伏筆。因爲怕爆雷，所以沒辦法講得很清楚。

但之後電視或是串流平台上映的話，眞的很推薦看一次，然後再搭配它的主題曲MV食用，非常棒。

最後再回到我們的「精靈王」，從收尾的地方應該可以看出下次地圖會開在哪裡。

翡翠又要攜家帶眷地前往新地方賺錢兼冒險了！

我們第五集見～～

醉琉璃

心得感想區QR Code
歡迎大家上來分享唷！

我，精靈王，缺錢！

【下集預告】

養兒真是一件不容易的事，
尤其是數量還乘以三的時候。
摸著越漸乾扁的荷包，
翡翠接下了新委託，攜家帶眷前往暗夜族領地。

隱匿的聖河面臨外敵侵略，
在無人知曉的暗處，
黑雪帶來的危機也將悄悄發生……

為了世界存續、美食，以及心愛的崽崽們，
精靈的王者今日依舊發奮圖強！！
（斯利斐爾OS：世界存續只是，附帶的吧……

〈所以我在彩虹河裡撈金幣〉

2021年國際書展，敬請期待！

國家圖書館出版品預行編目資料

我，精靈王，缺錢！/ 醉琉璃 著.
——初版. ——台北市：魔豆文化出版：蓋亞文化發行，2020.10
冊；公分.（Fresh；FS180）
ISBN 978-986-98651-4-2（第4冊：平裝）
863.57 109009080

Fresh FS180

我，精靈王，缺錢！04

作　　者　醉琉璃
插　　畫　夜風
封面設計　莊謹銘
主　　編　黃致雲
總 編 輯　沈育如
發 行 人　陳常智
出 版 社　魔豆文化有限公司
發　　行　蓋亞文化有限公司
地址：台北市103承德路二段75巷35號1樓
電話：02-2558-5438　傳眞：02-2558-5439
電子信箱：gaea@gaeabooks.com.tw
投稿信箱：editor@gaeabooks.com.tw
郵撥帳號 19769541　戶名：蓋亞文化有限公司
法律顧問　宇達經貿法律事務所
總 經 銷　聯合發行股份有限公司
地址：新北市新店區寶橋路二三五巷六弄六號二樓
電話：02-2917-8022　傳眞：02-2915-6275
港澳地區　一代匯集
地址：九龍旺角塘尾道64號龍駒企業大廈10樓B&D室
電話：+852-2783-8102　傳眞：+852-2396-0050
初版一刷　2020年 10月
定　　價　新台幣 250 元
Published and printed in Taiwan

ISBN 978-986-98651-4-2